拈花一笑

古诗元曲之魅

小妖 著

黄河出版传媒集团
宁夏人民出版社

图书在版编目（CIP）数据

拈花一笑：古诗元曲之魅 / 小妖著．—银川：宁夏人民出版社，2017.5

ISBN 978-7-227-06665-1

Ⅰ．①拈…　Ⅱ．①小…　Ⅲ．①散文集—中国—当代　Ⅳ．①I267

中国版本图书馆CIP数据核字（2017）第128598号

拈花一笑：古诗元曲之魅　　小妖　著

责任编辑　唐　晴　姚小云
封面设计　赵　倩
责任印制　肖　艳

黄河出版传媒集团
宁夏人民出版社　出版发行

出 版 人　王杨宝
地　　址　宁夏银川市北京东路139号出版大厦（750001）
网　　址　http://www.nxpph.com　http://www.yrpubm.com
网上书店　http://shop126547358.taobao.com　http://www.hh-book.com
电子信箱　nxrmcbs@126.com　renminshe@yrpubm.com
邮购电话　0951-5019391　5052104
经　　销　全国新华书店
印刷装订　宁夏凤鸣彩印广告有限公司
印刷委托书号　（宁）0005097

开本　880mm×1230mm　1/16
印张　13　字数　200千字
版次　2017年6月第1版
印次　2017年6月第1次印刷
书号　ISBN 978-7-227-06665-1
定价　38.00元

拈花一笑

古诗元曲之魅

小妖 著

黄河出版传媒集团
宁夏人民出版社

图书在版编目（CIP）数据

拈花一笑：古诗元曲之魅 / 小妖著. —银川：宁夏人民出版社，2017.5

ISBN 978-7-227-06665-1

Ⅰ. ①拈… Ⅱ. ①小… Ⅲ. ①散文集—中国—当代 Ⅳ. ①I267

中国版本图书馆CIP数据核字（2017）第128598号

拈花一笑：古诗元曲之魅　　小妖　著

责任编辑　唐　晴　姚小云
封面设计　赵　倩
责任印制　肖　艳

黄河出版传媒集团
宁夏人民出版社　出版发行

出 版 人　王杨宝
地　　址　宁夏银川市北京东路139号出版大厦（750001）
网　　址　http://www.nxpph.com　　http://www.yrpubm.com
网上书店　http://shop126547358.taobao.com　　http://www.hh-book.com
电子信箱　nxrmcbs@126.com　　renminshe@yrpubm.com
邮购电话　0951-5019391　5052104
经　　销　全国新华书店
印刷装订　宁夏凤鸣彩印广告有限公司
印刷委托书号　（宁）0005097

开本　880mm × 1230mm　1/16
印张　13　　字数　200千字
版次　2017年6月第1版
印次　2017年6月第1次印刷
书号　ISBN 978-7-227-06665-1
定价　38.00元

代序

从未褪色的忧伤

——我与《古诗十九首》

1

还是有必要说一下，什么是《古诗十九首》。

《古诗十九首》是十九首古诗的总名，但不是任意的十九首古诗。

《古诗十九首》确实是从无名氏所作的《古诗》中选出了十九首，不是我选出来的，而是南朝梁武帝长子昭明太子萧统选出来的。他著成了《昭明文选》，《古诗十九首》赫然其中。

读了《古诗十九首》，触动了我内心深处很隐秘的一根弦，仿佛在古代，那些诗人就代替我活着，经历着我所有秘而不宣的情绪。我在静坐时，我在坠入思考的魔咒时，这些情绪就缠绕着我日益孤单亦丰满的心，催使我不吐不快，于是我写了十九篇类似于随笔的文章。

2

《文心雕龙》中《明诗》篇这样评价：直而不野，婉转附物，怊怅切情，实五言之冠冕也。把《古诗十九首》誉为五言诗的顶峰之作。萧统是当时的文学大家，他身边网罗了一堆人，也包括《文心雕龙》的作者刘勰，他们选文有自己的标准，要求：丽而不浮，典而不野，有君子之致。这样选出来的古诗自然有它的格局和文学艺术价值。

汉乐府有诸多五言歌辞，汉朝时，把这些民间的诗句采入乐，便是乐府，未采入乐或入了乐而不是原调，便是古诗。众多的无名氏，作出了众多的古诗，经过反复筛选、淘汰、甄别，到萧统时，便顺理成章地挑出了这十九首，命名为《古诗十九首》。

3

这十九首古诗是有标题的，以每首诗的第一句为题。我不清楚，是古诗本无名，还是萧统添加的名称，但给了我一种感觉，他们都很懒。原本诗的标题还应该有点睛之用，就像后来唐诗中的《送元二使安西》，就说明了因何而成诗。也许当时还没有给诗起名的习惯吧。

这十九首诗依次是《行行重行行》《青青河畔草》《青青陵上柏》《今日良宴会》《西北有高楼》《涉江采芙蓉》《明月皎夜光》《冉冉孤生竹》《庭中有奇树》《迢迢牵牛星》《回车驾言迈》《东城高且长》《驱车上东门》《去者日以疏》《生岁不满百》《凛凛岁云暮》《孟冬寒气至》《客从远方来》《明月何皎皎》。

单单从标题上看，标题与诗所表达的内容是不相干的，但从阅读和记忆上看，由此而引出全诗，也未尝不可，尽管不熟悉者，不得其门而入。时代已经久远，我们现在也不应该苛责吧。

4

《古诗十九首》有固定的顺序，而于我，却是随心所至、随心所欲，完全打乱了它的顺序。我在和这些句子博弈，哪一句诗或哪一首诗，完全契合了我某一时刻的心境，在瞬间把我击中的，便是我某一刻要表达的，诗句把我打败，我便或吟哦、或感慨、或难过、或伤感地笔走龙蛇，如果不能打败我，我便弃之，这样反复纠缠，辗转两年多，直到今天，才终于写完了十九个篇章，共十万余字，也形成了我自己的内在逻辑和隐秘情感。

第一年，我经历了一次朦胧的仅限于我自己内心的桃花般绚烂也易落的情感。我看十九首诗时，那些诗句便是爱情的模样，不管是远离故乡的游子，还是独守空闺的女子，不管是丝绢上的相思，还是无法相聚的愁思，都呈现着若即若离，得之不能，剪不断、理还乱的情感。这样的情思共成文十三篇，从《只是远行客》到《怀想亦断肠》，写尽了我那一段时期从无到有、从相聚到分离到怀念的情感，直到《古诗十九首》中无情可宣，无句可载。

第二年，我用跋涉来抵挡我内心的荒芜，另有成书，与此无关，但是一年的行走却让我扔掉了情感，放弃了对现实世界的拯救，转而去思考人生，恰此时，我购得林语堂、李泽厚的书，他们的哲学就是我的夜航船，我看清了人世上繁华背后的沧桑实质，我看到了烟花绚烂过后的黑暗本质，我也体会到了抛却个人经历的沉沉浮浮背后的哲学光明，因此，在今年，这样的思考促成文章六篇，自《人生忽如寄》始，至《今日良宴会》终，完成了自己的思索，也感觉到了自己从狭窄到宽阔的转变，几近于脱胎换骨。

5

我坚持用五言来做这十九篇文章的标题，是对古诗的敬仰，也是对古代写成这些古诗的无名氏的尊重，是一份出自于内心的、只限于自己一厢情愿的传承，也是一份对某一节点某一情绪的延展和认可。与《古诗十九首》的标题不同的是，尽管我也偶尔用原诗句作为标题，但看我的标题却能马上确认我想表达的意思。

在我心里，《古诗十九首》是双面娇人，一面是人生，一面是爱情。爱情是人生必不可少的，但又不可能是长久的点缀；人生是爱情庞大的又爱又恨的物质和精神载体，除此之外，再无他。

这样的娇人，深藏于历史深处，从东汉算起，已经掠过了几近两千年的时间，不可谓不古朴，不可谓不悠久，但却在漫长而浩渺的时空中，娇艳如初，美好如初，以至于萧统拿起它来，惊艳；李白、杜甫看到它时，化成自己诗句的血液；宋词看到它时，用的是仰望的态度；元曲接触到它，就不得不吸取了它的养分，后来的杂剧、昆曲都未能脱离它的影子；及至今天，我们读来，依旧是千年前那娇嫩而忧郁的容颜，闻之、阅之、吟之，金猊渐冷，暗香浮动。

是的，《古诗十九首》有忧郁的容颜，更准确地说，它还有忧伤的眼眸，唱着忧伤的乐府，未成曲调先有情，以至于我们一旦听到，就不由自主地忧伤起来。

6

游子离家太久了，行行重行行，各在天一涯。我在故乡，遥望着远方，山高水又长，思君令人老啊，人生在天地间，不过就是一个远行客，你在远方是，我在故乡也是，即使是在觥筹交错的宴席上，即使是在青青河畔草的陪伴下，我也依然寂寞。西北的高楼上，琴音悲

促徘徊，可哪里有知音会驻足倾听？我隔江采了一朵芙蓉，可，路远莫致之。我与你，天各一方，也只好盈盈一水间，默默不得语。

离家的游子啊，人生来就像在这个世界上寄宿了一次一样，奄忽若飙尘，虚名和钱财哪有磐石坚固，要来何益？

广阔的天地间，虽然春夏秋冬，时序轮转，放眼望去，依然是一片苍茫，苍茫的山脉，苍茫的河流，苍茫的树木，苍茫的人，苍茫的时空，撇下爱情，依然只有忧伤。

这忧伤，如同一幅古画，风住尘香花已尽，历尽千年仍不褪色。这忧伤，我们这些人，不管前世的，或者后世的，都经历过。这忧伤，多么似曾相识啊，晏殊有，李煜有，清照有，马致远有，纳兰容若也有，一次次、一回回、一辈辈地让我们心上长出疼惜，生出爱怜，怜这些忧伤的诗句，也怜这些忧伤的诗人，归根结底，我们怜惜的是我们自己。

这样的古诗，只是五个字五个字地组合在一起，怎么会有这么多、这么浓、这么长久的忧伤？

十九首诗中，就有十二个离人，他们离家远行，抛下了那些情深义重的女子，于是女子们只能在家里，努力加餐饭，开始了漫长的等待，那种不得相聚的别离都化作了离人泪，晓来谁染霜林醉，到处都弥漫着忧伤。而那个离人，也是郁郁不得志，甚至在岁月中、在远方，忧伤以终老。

清人陈祚明《采菽堂古诗选》有载：人情莫不思得志，而得志者有几？虽处富贵，慊慊犹有不足，况贫贱乎？志不可得而年命如流，谁不感慨？人情于所爱，莫不欲终身相守，然谁不有别离？以我之怀思，猜彼之见弃，亦其常也。《古诗十九首》虽此二意，人人读之皆若伤我心者。

是了，陈祚明说得透彻，《古诗十九首》言我们不能言的情，尽我们言不尽的意，人同此心，走入了我们心里。

7

世间有这样多的离人，为什么会成为离人？

《古诗十九首》成于东汉。

秦灭六国，开始实行郡县制，结束了邦国制度，开辟了帝国制度，汉承秦制，也属帝国时代，但是因为郡县制初行，还不完善，汉吸取秦灭亡的经验，在郡县制实行的同时，也分封了刘姓王侯，这样，汉采取的就是帝国制度与邦国制度并行的制度，汉初，刘姓王侯还能心向中央，保持着王朝的稳定，王莽篡权、刘秀开启东汉以后，这两种制度并行的弊端就开始显现，大户门阀占据了高位，垄断了权力，帝国的权力不能制衡，社会矛盾日益严重，大变革时期到来了。那个时候的人才选拔制度同样掌握在诸侯和门阀的手里,他们所推荐选拔的,依然是对他们有利的人,这样就彻底断绝了底层文人雅士们的仕途,他们挣不开这社会桎梏,没有建功立业的机会,也就只好望现实而兴叹,然后不得不背井离乡,长年漂泊在外,以身事人,以期获得一展长才的机会,也或者远避异乡,逃避政治迫害。

长期的漂泊和压抑,致使这些离人越发地渴望爱情的美好、家庭的温馨,好抚平自己心上的伤痕,将这些感受诉诸文字,便是这些古诗。也正是有了这些古诗,我们也就更好地了解了史书的记载,了解了那个时代。

8

不得不说,那些没有留下名字的诗人,是才华横溢的,他们写出的情绪是千年不朽的,那些锦章佳句,至今都未被超越。

其中有一篇《明月皎夜光》,说的是可以共患难,不可共富贵的人性,我却因为一句"不念携手好,弃我如遗迹",写着写着就把它写入了爱情里,或许在爱的魔咒里,看什么都是情的款曲。

所有的诗都是忧伤的,唯有《青青河畔草》稍微带点明媚,可因为那个女子在明媚之外,带了点轻佻,减损了它的格调,也调开了我的关注。

十九首诗中,只有一首提到了一个离家后回来的人,就是那首《回车驾言迈》,那个人看到了"所遇无故物",本来极好,却在最后落脚在了"荣名以为宝",把它的哲思打了折扣。我不看好。

在那个年代,我们不得不佩服他们有几分尖锐的清醒,他们已经能写出"忽如远行客""何不秉烛游""虚名复何益"那样的字句,这种清醒在物欲横流的今日,依然保持着清醒的本色。

9

诗中用到的景物有：北风、浮云、青草、垂柳、绣楼、越鸟、松柏、宫阙、巷弄、古筝、芙蓉、明月、促织、白露、秋蝉、北斗、南箕、轩车、机杼、晨风、蟋蟀、飞燕、白杨、蝼蛄、鸳鸯、罗床等。无一物不可入诗。横跨了春夏秋冬四季，掠过了二十四个节气，大自然的风霜雨雪，壮阔了诗人的凄凉与忧伤。那些入了诗的虫鸟们，发出的一声声悲鸣，以及寄托在树木、星辰、床帏上的诗人的情思和愁思，越过千年，依然启我心智。

读《古诗十九首》，遇到什么样的情境和心境，便会有什么样的情绪和见解，真的是万千风物诗内藏，但愿天下人都有时间和心境，来与它相会。

10

走笔至此，窗外已经柳绿花红，出去走走吧，这忧伤在我心头已经盘桓得太久……

目录

第二辑　独坐幽篁里

（元曲之魅）

第一辑　飘零酒一杯

（古诗之魅）

只是远行客

青青陵上柏，磊磊涧中石。
人生天地间，忽如远行客。
斗酒相娱乐，聊厚不为薄。
驱车策驽马，游戏宛与洛。
洛中何郁郁，冠带自相索。
长衢罗夹巷，王侯多第宅。
两宫遥相望，双阙百余尺。
极宴娱心意，戚戚何所迫。

——《古诗十九首》之三

莫名地对这一首诗有着一些偏爱，爱到深，爱到极致，爱到骨头里。那句“人生天地间，忽如远行客”就是我破解不了的魔咒，往往身处闹市的时候，这句话就像一缕幽灵从人的骨缝里钻出来，侵袭我的感官。我只是远行客，只是一个远行客呀，心底的悲怜与忧伤随之而生，真恨不得化作轻烟袅袅飞走。

那天读到林徽囚的诗《人生》，其中有一句：

现在我死了，
你，——
我把你再交给他人负担。

一瞬间让我落泪，我们不是归人，尽管有些人在我们的生活中占据着重要位置，我们不是他们的归人，他们也不是我们的归人，所

人生

林徽因

人生，
你是一支曲子，
我是歌唱的；

你是河流
我是条船，一片小白帆
我是个行旅者的时候，
你，田野，山林，峰峦。

无论怎样，
颠倒密切中牵连着
你和我，
我永从你中间经过；

我生存，
你是我生存的河道，
理由同力量。
你的存在
则是我胸前心跳里
五色的绚彩
但我们彼此交错
并未彼此留难。

……

现在我死了，
你，——
我把你再交给他人负担！

有的人都是过客呀，是人生的过客，是历史的过客，也是这个世界的过客。活着，我们看得见彼此，却入不了彼此的内心；死了，就把彼此交给他人负担。人，不是远行客，而是什么？

人生天地间，面对着长在陵墓上青青的柏树，看得见磊磊的涧中石，这高天之下，这黄土之上，我们是什么？只是陵墓中的一具留不下任何意义的肉体，只是被时间的流水冲刷走的一抹魂灵，人，不是一个远行客，又是什么？

陈子昂登上幽州台（相传为燕昭王招揽人才所筑的黄金台），看着面前苍茫广阔的天地，写出了《登幽州台歌》。

虽然有人说陈子昂是受到了《楚辞》的影响，而我却以为他受到了《古诗十九首》的启发。那苍茫的天地间，除了古旧的人世与历史遗址，就只有呼呼刮着的西北风，除了苍凉还是苍凉，怎能不念起天地的悠悠？尘世的繁华、官声、金钱、红颜，你什么也带不走，甚至天地间的自己，最终也不过是一抔黄土，至多会有一株青青的陵上柏，又怎能不怆然而涕下啊！

宛洛是繁华之地，驱车策马游戏在宛城与洛城，往来的都是冠带与豪客，官人们斗酒为乐，长衢夹巷中多是王侯的宅第，两座王宫之间也不过相距百余尺，盛宴中端着薄酒的人应该是人生得意须尽欢的吧？恰恰相反，倒是心有戚戚，这个时候，看到

登幽州台歌

（唐）陈子昂

前不见古人，
后不见来者。
念天地之悠悠，
独怆然而涕下。

陈子昂（约659—700年），初唐著名诗人，文学家。字伯玉，梓州射洪（今四川射洪）人。他论诗标榜汉魏风骨，反对齐梁绮靡文风，所作诗歌以三十八首《感遇诗》最为杰出，诗风质朴浑厚。

了脸上的笑容，看不到的却是心里的萧索与寥落。大多数时候，我们都有这种感觉的呀，在豪华的街市间找不到自己，在觥筹交错间心上升起失落。我们是谁？为了什么赴这盛宴？又为了什么在这峨冠博带间博弈周旋？我们的灵魂不在这里，在这里的不过是一个没有灵魂的、身不由己的、言不由衷的、无可奈何的躯壳！

曾经喜欢过一个男子，一种灵魂的碰撞才刚刚有了一点回响，就从字里行间意识到了他心所归，并不是非君莫属的。预知了一种繁华归于沧桑的结局，于是收起了自己爱的羽翼，与他相背而行，且越行越远，可是有一种离恨恰如春草，更行更远更生。那一种收拢的过程，又一次从心上碾过三个字：远行客。远行客呀，远行客，我们喜欢过、爱过、小小地伤过，抵死缠绵过，到最后也都是两不相干的，这种远行的错过比过错还让人难过。

有些时候，相距不过咫尺，也不能相见；有些时候，就只是想说两句话，也常常被打断。这世间，真让人叹息呀，这咫尺不相见，实与千里同啊，真真是有万千的无可奈何，花落去，人是不是归来，都是未知数。

那些陪伴过我们的，在我们记忆里存在的人和事，一个阶段一个阶段地吐故纳新。当我们回想时，童年的时光去了，童年的伙伴也去了，少年的懵懂去了，青年的羞涩去了，那些朋友都已经不在了，不是不在这个世上，而是不在自己的心上了。他们于我们，又何尝不是更深沉更悲哀的远行客？

我们的父母，含辛茹苦甚至是忍辱负重地将我们养大，有些时候，我们还来不及乌鸦反哺，他们就离开了，子欲养而亲不待呀。就是生身父母，又何尝不是我们的远行客？

虽然这些亲人、爱人、友人，也是因着前世的起心动念，今生今世才来到我们身边，即使我们熟知前世的因果，我们也做不到相同的回报呀，只能是抑不住心底泛出的一声声叹息，人生天地间，只是远行客，彼此推不掉、剪不断，在远行客与现世的纠缠里，我们稍微一掸，掸掉的就是时间的尘霜。

“忽如”两个字，用得极好，就是一刹那的感觉，在那一瞬间要去找寻魂魄所依。大多数时候，我们还得回转到尘世来，与身边的一切人和事，继续地演绎下去。尽管演绎下去的结果可能不是荡气回肠，而是浑浑噩噩。

曹操之诗《短歌行》有几句：“月明星稀，乌鹊南飞，绕树三匝，何枝可依？”这也是远行客的终极感觉吧？英雄盖世的曹操，也会有孤零寥落的时候，何况我们一介凡夫？一世枭雄的孤独是天地间最美的孤独，无人能解，他的谋士不能，他的女人不能，后人也不能，可谓是千秋孤独啊！历史的长河奔腾走了历史的人面，除了一个“青青子衿”的典故，还有什么？即便如曹操者，也只是世间一个匆匆过客，一个远行了的我们不能碰见的过客。

短歌行·对酒当歌

东汉 曹操

对酒当歌，人生几何？
譬如朝露，去日苦多。
慨当以慷，忧思难忘。
何以解忧？惟有杜康。
青青子衿，悠悠我心。
但为君故，沉吟至今。
呦呦鹿鸣，食野之苹。
我有嘉宾，鼓瑟吹笙。
明明如月，何时可掇？
忧从中来，不可断绝。
越陌度阡，枉用相存。
契阔谈讌，心念旧恩。
月明星稀，乌鹊南飞。
绕树三匝，何枝可依？
山不厌高，海不厌深。
周公吐哺，天下归心。

曹操（155 — 220 年），字孟德，小字阿瞒，沛国谯县（今安徽亳州）人。东汉末年杰出的政治家、军事家、文学家、书法家，三国中曹魏政权的奠基人。代表作品《观沧海》《龟虽寿》《让县自明本志令》等。

还有我们的容颜，王国维云：最是人间留不住，朱颜辞镜花辞树。其实多数时候，我们戴着面具生活，如果真的可以揭开看看，那个为人称道或者被人唾弃的容颜不过是聊斋里的一张“画皮”。于容颜而言，我们是过客。

我曾经写过：我枕着《诗经》，等了三千年。等了三千年，也寻了三千年，来来往往的没有归人，都是过客。年轻的时候，弄这些妙句于指掌间，而真懂得了字句背后的犀利时，韶华已逝。时间啊，时间，时间才是主宰，我们都是它的远行客。

所有这些东西，都在我们的心上存着一些痛，就是这些痛，也会在岁月中变得若有若无，空空淡淡，仿佛不曾发生过，往来反复，不过是过客。

所有的事都要远去，所有的人都要离开，所有的情绪都要消失，所有的一切，不过是满眼空花一片虚幻。解得世间妙相，似证得无上的菩提，一时满心满眼的空旷，这个“我”于世间从有到无，从无到有，似是存在过，又似是消失过。

那么，这不是太悲伤的悟道吗？不，解得真谛，跨过魔障，把一切都扔在时光深处，把握眼前的这一刻，爱就爱，恨即恨，珍惜眼前的缘，似又得到了一个新的“我”。

走得累了，就把双脚放在地狱，把眼睛搁在天堂吧，回首时不过是四个字：好好活着。若有盛宴，握住一个薄薄的酒杯，权作与自己言欢。

闭上眼睛，外面白日已尽，青山不老，绿水长流。

想起《古诗十九首》的作者来，至今不知是谁，恰巧像是对远行客的绝妙注解。

盈盈一水间

迢迢牵牛星，皎皎河汉女。
纤纤擢素手，札札弄机杼。
终日不成章，泣涕零如雨。
河汉清且浅，相去复几许。
盈盈一水间，脉脉不得语。
——《古诗十九首》之十

最早接触到牛郎织女的故事，是在总角之时，每年七月七的时候，姥姥会在葡萄架下讲这个故事，儿时的记忆里，七月七总是有雨，远山如黛，雨意朦胧，七月七的模样极美，也许那雨就是织女的眼泪吧。

最早把这种想象变成画面，是看到黄梅戏戏曲电影《牛郎织女》，织女是由黄梅戏大师严凤英扮演的，牛郎是由王少舫扮演的，他们的扮相很漂亮。那个时候总是想不明白，仙女为什么要嫁给凡人啊？天上多好，云蒸霞蔚且有亭台楼阁。

最早接触到关于牛郎织女的诗，是北宋词人秦观的《鹊桥仙》：

纤云弄巧，飞星传恨，银汉迢迢暗度。金风玉露一相逢，便胜却、人间无数。

柔情似水，佳期如梦，忍顾鹊桥归路。两情若是久长时，又岂在、朝朝暮暮。

秦观看到的是，牛郎织女相聚之后，刹那的欢悦掩盖了一切，好像所有的等待、所有的难过都是值得的。

年岁渐长，繁华落幕，现在才知道，所有对牛郎织女的记忆叠加起来，也不及《古诗十九首》之中的这首《迢迢牵牛星》来得美，来得让人心疼。

这首古诗中的织女在我眼里呈现着一种千古的美态，那拨弄机杼的纤纤素手，总让我想起唐婉的一句红酥手，这一双双伸展在历史长河中的手，不管浸染在琴棋书画中，还是在机杼中，虽然没有具体的形状，但却能想得出这一双双手的主人必定有一双柔韧的皓腕，上下翻飞着，机杼札札，不成纹理，却把手中的一切都变成了浩浩渺渺的风情。那泣零如雨的芙蓉面，多么让人心疼啊，它总是让我想起武则天的一句诗：“不信比来常下泪，开箱验取石榴裙。”这是一种无奈啊，世界留给女人的无奈，这泣零中落下的泪，是思念的眼泪啊，而这世间，再没有比思念更折磨人的了，但凡有了思念，便是遭罪啊，

如意娘

唐 武则天

看朱成碧思纷纷，
憔悴支离为忆君。
不信比来长下泪，
开箱验取石榴裙。

武则天（624 — 705 年），名武曌，祖籍并州文水（今山西文水东），生于长安（今陕西西安），中国历史上唯一的正统的女皇帝。武则天多智略，兼涉文史，颇有诗才。有《垂拱集》《金轮集》，今已佚。《全唐诗》存其诗。

有时候简直生不如死，比之相见，比之云雨之欢，思念就是摧毁人心之城堡的毒药。可我们女人，从古一直到今，挣不脱，割不断，就在密密绵绵、层层叠叠的思念中折损了红颜。

河汉当真清且浅吗？不是啊，河汉既深邃又混浊，也许我们倾尽所有，也不能渡过，只能任自己和对方分居于河的两岸，盈盈一水间，脉脉不得语，此岸到彼岸，不过是咫尺的距离，而这咫尺却似天涯远啊，究其一生，也可望而不可即。脉脉，多好的词，不说脉脉含情，那太直白也太苍白，而只是脉脉相望，诗人周邦彦用“脉脉”一词，是在《浪淘沙慢》里，他说：脉脉。旅情暗自消释，念珠玉、临水犹悲感，何况天涯客？那种凄凉、孤绝、惆怅都在这个“脉脉”里了，此情脉脉谁诉啊。“盈盈”也是多好的词，词人纳兰容若这样用：泪咽却无声，只向从前悔薄情。凭仗丹青重省识，盈盈，一片伤心画不成。这盈盈之伤心又何尝不是河汉之水的颜色？这波光之色里竟满含千古之悲情。

浪淘沙慢·万叶战

宋 周邦彦

万叶战，秋声露结，雁度砂碛。细草和烟尚绿，遥山向晚更碧。见隐隐云边新月白。映落照、帘幕千家。听数声何处倚楼笛，装点尽秋色。

脉脉。旅情暗自消释？念珠玉、临水犹悲感，何况天涯客？忆少年歌酒，当时踪迹。岁华易老，衣带宽、懊恼心肠终窄。飞散后、风流人阻，蓝桥约、怅恨路隔。马蹄过、犹嘶旧巷陌。叹往事、一一堪伤。旷望极，凝思又把栏干拍。

周邦彦（1056—1121年），字美成，号清真居士，钱塘（今浙江杭州）人。北宋著名词人，作品在婉约词人中长期被尊为“正宗”。有《清真居士集》，已佚，今存《片玉集》。

南乡子·为亡妇题照

清 纳兰性德

泪咽却无声，
只向从前悔薄情。
凭仗丹青重省识，
盈盈，一片伤心画不成。
别语忒分明，
午夜鹣鹣梦早醒。
卿自早醒侬自梦，
更更，泣尽风檐夜雨铃。

纳兰性德（1655 — 1685 年），满洲正黄旗人，叶赫那拉氏，字容若，号楞伽山人，清代最著名词人之一。其诗词“纳兰词”在清代以至整个中国词坛上都享有很高的声誉，在中国文学史上也占有光彩夺目的一席。著有《通志堂经解》《侧帽集》《饮水词》等。

这条既盈盈又脉脉的河，是银河。

科学上讲，银河是银河系的一部分，是我们置身其内而侧视银河系时所看到的布满恒星的圆面。因为看起来像一条烟雾笼罩着的光带，十分美丽而得名。

懂得了科学，美感会消失，可也不得不佩服古人的妙思，因着对天文地理的不穷达，反倒给我们留下了这许许多多美好的文学想象，让我们在诗的国度里取之不尽、用之不竭。

那年到牛郎织女故事发生地晋中和顺去采风，站在天河梁（和顺的一座山）的脚下，山影玲珑锦绣，一片翠碧，雾气升腾，似若天

上云，那时心里的感触至今都记得清清楚楚，也是在那里弄清了天河梁的走向在七月七这一天与天上的银河的走向是相同的，呈南北走势，那么迢迢的牵牛星是在银河的东方，还是西方呢？皎皎的河汉女又是在银河的东方，还是西方呢？这一直是我心里的一个谜。

我并不是很喜欢这个故事，尽管它给人们留下了希望，毕竟，还有这么一天，七月七日这么一天，他们还是可以相见的，还会有那么多多情的喜鹊会给他们搭起一座相见的桥。可这个希望是那么的让人绝望啊。如果彻底断绝了他们的念想，他们也会彻底地死心，从此心渐孤绝或者心渐封闭，总还有重新开始另一种生活的可能。比如说，牛郎可以在人间重新找到一个农家女子，男耕女织，没有压力没有催人的思念，可以把孩子抚养成人，然后微笑着生活，未尝就不是美好的生活；比如说，织女也可以从此断绝了红尘之念想，在天上守着清规戒律，或许天庭中也可以遇到她心仪之人。可是，偏偏有这么一点希望，他们又只好用所有折磨死人的无数个被凄凉啃啮人的日子去换这一年一度的相见。相见时自然就是秦少游所说的“金凤玉露一相逢，便胜却人间无数”了，可这个胜却人间无数能有多好？无非是柳咏的“执手相看，便无语凝噎”罢了，顶多春风一度，况且，那银河中也不太可能一度春风吧，剩下的日子怎么过呢？牛郎带着两个没娘的孩子，恓惶地生活，织女在银河的那边，泪零如雨，何苦？从这个意义上来讲，这一年一度的相见何其残忍！

让他们结局落于此的，怕不是王母娘娘吧？王母不过是神话里的一个封建礼教的符号。我认为，是国人骨子里的一种情结。国人总认为相聚团圆皆大欢喜没有美感，残缺的东西才带着美的光环，于是张生不会娶莺莺，空落落一部《西厢记》；于是白蛇与许仙不能相守，凄惨惨一个《雷峰塔》；项羽与虞姬不可白头，悲怜怜一曲《霸王别姬》。真实世界里也是这样，那么美的鱼玄机，被状元和诗人一起辜负，留下一句“易求无价宝，难得有情郎”的诗句；那么好的霍小玉会含恨而死，她再也见不到“从此无心爱良夜，任他明月下西楼”的绝句，这些女子都被什么一一断送？这是我百思不得其解的问题。唐伯虎说得好“自古多情空余恨，无情反被多情恼”，还不如，一开始便手执一柄无情剑，身携一壶无情药，只身行走江湖。

如果说古时女子有如许的无可奈何，今时女子便好过了吗？不，千年的时光无情地流过，可女子们依然在历史的长河中轮回穿梭，变的是容颜，不变的依然是多情，她们总是被无情汉们无情地抛弃，以泪洗面都算是好的，更多的，还是赔了夫人又折兵。所以，我说牛郎织女这个传说其实是害人不浅的。

我不喜欢七月七，还因为这一天还发生过另一个故事，那便是《七月七日长生殿》，唐明皇与杨贵妃做最后的诀别，从此后，没有夜半私语时，没有比翼鸟，也没有连理枝，只有天人永隔，永恒思念，与牛郎织女的传说相差几何？

与其泪飞如雨，不如早日决绝，很喜欢那句古乐府诗“皑如山上雪，皎如云间月。闻君有两意，故来相决绝”，自己先表示个态度，先绝了这情种，绝了思念，绝了一切念想，一念相绝，便入了清静地，被抛弃的永远是别人。可是话又说回来，织女悲催的是，银河的那边有自己的儿女，一双粉妆玉琢的儿女，当真是“长相思，摧心肝”啊。

记得小女巫的一句话：“若爱，请深爱，若弃，请彻底，不要暧昧，伤人伤己。”当作为女人的座右铭。

虽然我不喜欢牛郎织女的传说，但我得承认这首古诗的美感及传世意义，因为诗里提到了一条河。

这条河并不单指银河，是一条带着人类美学与哲学的河，亘古至今，这条河就在流淌，从时光之前流向时光的背后，《诗经》里常写到这条河：

关关雎鸠，在河之洲。窈窕淑女，君子好逑。

参差荇菜，左右流之。窈窕淑女，寤寐求之。

还有：

> 蒹葭苍苍，白露为霜。所谓伊人，在水一方。
> 溯洄从之，道阻且长；溯游从之，宛在水中坻。

这些诗都带着文学美丽的终极想象，和这条河一起，流啊流，流过了几千年，几千年之间，沧海桑田，这条河却永远存在于每一个人的梦里。在梦里，总会有一个女子或男子在河的彼岸，凡尘就在身边，却不知怎样才能将离殇流放，这才是“盈盈一水间”的真正意义。

于河而言，幸福永远到不了彼岸，我们只是传说或者爱情的看客，只因我们常常没有能力涉过情感之域的千山万水。

凝望夜空，繁星点点，没有河汉，也没有爱情，有的只是日复一日相似而又枯燥的日子。

远去的相思

客从远方来，遗我一端绮。
相去万余里，故人心尚尔。
文彩双鸳鸯，裁为合欢被。
著以长相思，缘以结不解。
以胶投漆中，谁能别离此？
——《古诗十九首》之十八

不曾想会对你想念的，可起心动念都是命中注定的，我欣然接受这种似花蕊般的想念。

有客从远方来，给我带来了二丈锦缎，抚摸着那光滑如镜的丝绸，我在想你。你是温和熙远地悄悄然来到我身边的，你赠我的不是古人般的端绮，却是一些妙不可言的情绪，我像是初生的婴儿，莹莹然伸出双手，接下了这如莲般的圣洁与清明。

还未曾有一丝一毫的世俗念头，也许在梦里有过，但真实世界里，我还未理清心里如乱麻般的喜与忧，我们已经相去万余里。我知道，心思的曼妙于时空而言本不是距离，可那都是哲学意味的人生指引，它磨不去心头的轻微伤痕。万余里啊，用眼神无法衡量，用思想无法抵达，也许就是生与死的距离。还未曾有一些意会，哪怕我可以说些不着痛痒的话，哪怕有一个可以确定温度的拥抱，哪怕拥抱之后便是

木兰词·拟古决绝词柬友

清 纳兰性德

人生若只如初见，何事秋风悲画扇。
等闲变却故人心，却道故人心易变。
骊山语罢清宵半，泪雨霖铃终不怨。
何如薄幸锦衣郎，比翼连枝当日愿。

今生再不相见的承诺，我也不会心生遗憾，而如今，空空如也。空，空得心怜，空得寂静，你已成故人。

故人，故人啊，怕是再不会出现了。我静得干净纯得透明的身畔，再不会有这样一个男子了，他对我说，所幸，我们有一段不远不近的距离。如今，连不远不近都不是了。纳兰容若怕是最明白故人心思的吧？他说：“等闲变却故人心，却道故人心易变。”是故人心易变，还是自已心易变？也许，谁都没有变，变的是那无情的天光日月，在尘世里徘徊的时候，我们都是身不由己的。“爱别离，怨憎会，满眼空花，一片虚幻”，眼前，只有莲花般的禅意，佛用他悲悯的眼神，对我诉说几个字：世事本就是一场心碎。

丝绸中藏着一对鸳鸯，鸳鸯总是成双的，它们总是会喁喁私语，不肯有稍许的分离，一个离开，另一个必定是悲鸣不已。如果这样去裁，肯定会剪出一笼合欢被。可是，鸳衾孤单夜色也寒呀。我们都是独立的个体，每个人都有着自己宿命般的生活痕迹，面对庞大的红尘旷境，我们只是小小微粒，连盈盈一水间的语境都没有。世事与情事皆是迷局，子起子落的地方都是皈依，而今，我与你，只能是两两相望了，心痛得难以掩住将落而未落的泪，我把每一子的起落都绝望地布成了死局，我不想皈依。

那些年，我曾经取笑过班婕妤，她曾经用如霜如雪的蚕绢，裁出了一把合欢扇，让自己的君王把自己弃之于箧笥中。可现在，我还得承认班婕妤在动摇微风发的时候，在君王把她盈入君怀袖的时候，她是有快乐的，或许我该羡慕她，曾经有过一把合欢扇。

我没有合欢扇，也不想裁出合欢被，却对你这个故人有着蚀心的思念。你的声音曾经带着一些金属碰撞的质地闯入我的心里，我小心翼翼地珍藏着，生怕丢失，生怕化去，不期然还是会成为不可盛开的花期。我告诉自己，疏淡的景致最是迷人的，所以苏轼会说：

缺月挂疏桐，漏断人初静。

可是为什么啊？我做了这么好的心里铺设，依然挥不去我的悲伤？抹不去我腮边从前世就落下的泪滴？

卜算子·黄州定慧院寓居作

北宋 苏轼

缺月挂疏桐，漏断人初静。时见幽人独往来，缥缈孤鸿影。
惊起却回头，有恨无人省。拣尽寒枝不肯栖，寂寞沙洲冷。

以胶投漆中，自然无法分离，但胶未曾投漆，没有欢聚啊，就这样把时光慢成了别离，是不是有点悲惨？哪怕只是刹那的如胶似漆，或许就不会这么让心生生地疼。只此一刻，我允许自己心碎，允许自己想念，允许自己跌落在一个心碎的时辰里，下一刻，下一刻我便会武装起自己，满身盔甲，到红尘中去历经种种的情爱之苦。

《长相思》是首古曲，用筝来弹奏，它的调子是高古而幽怨的，如我得着这古曲谱，是不是也会弹出别离的远曲，让人听闻，便会清泪千行啊？当我回想起你在尘世中的温暖表情，我的琴弦必定是大弦嘈嘈如急语，当我回想起你对我温柔的话语，我的琴弦必定是小弦切切如私语，当我回想起你见到我时，眼睛亮起了一汪湖泊般的湛蓝，我便不能自已。柔，柔得如许清亮的情色，今日却要使我的琴弦拨断了，从此后，知音少，弦断有谁听啊？

你与我，是友人，还是知己？我不知道，我只知道心怀陷落的地方，是人身上最脆弱、最没有防备、最美丽的地方。仓央嘉措昔日还能去磕长头拥抱尘埃，不为朝佛，只为贴着一个女子的温暖，而我今后，去哪里触摸到你的温暖？字里行间吗？太清浅，清浅得就像《长相思》的余音。我别无他法，从此后，我要将此心之妙门，掩上门扉，落上心锁，贴上封条，今生怕是再不会动用了，从此后，是独行独坐独唱独酬还独卧了。也许那些晴日暖暖的午后，也许那些雨声滴落的黄昏，我也只能自个儿斟上三杯两盏淡酒，握住酒杯与自己言欢，左手一曲新词，右手一杯清酒，泪和着清曲，尽情地流。曾经我是喜欢这样的酒与词的，可是你曾经来过呀，我收了绵

长相思·山一程

清 纳兰性德

山一程，水一程，身向榆关那畔行，夜深千帐灯。

风一更，雪一更，聒碎乡心梦不成，故园无此声。

针，藏了柔软，把日子都折成了花。曲终人散是迟早的事，清明如我，怎会不知？人生在世，比软弱比落泪都可怕的，就是清醒了，因为我的清醒，我必定得承受不能承受的生命之重与痛。

今日来读《客从远方来》这首古诗，竟然听到了来自东汉的悠远的哀叹，空气中有一股儿飘逸，适合作画，适合写字，也适合弹奏一曲《长相思》。思念终还是抵不住时间的，能把握的东西太少，等感觉到的时候，一切已经回不到最初，人生还是若只如初见啊。

莲花盛开的时候，便是离别，所幸，爱并未满。是给过心的，这也是一株凄艳的清绝，知此，便应是欢喜的，因为世间事不以情爱存在的时候，亦会因生死相绝。彼一时，痴心思念；此一时，云淡风轻，是极好的禅意注解，思及此，心里依然开出纯粹的花。也许可能我也不是多留恋吧，只是眷恋一切自己设定的感觉，就像香水本身就是一个阴谋。

诸情皆备，诸情皆可弃。这便是我。

客再从远方来时，请别再带来一端绮，因为我已经在花开之后、落英之前，用心描述过一个放纵的故事，看过了一个泪空垂的结局，一切一切都已远之。

静寂。

欢喜。

如此，甚好。

浣溪沙

宋 晏殊

一曲新词酒一杯，去年天气旧亭台。夕阳西下几时回？

无可奈何花落去，似曾相识燕归来。小园香径独徘徊。

努力加餐饭

行行重行行，与君生别离。
相去万余里，各在天一涯。
道路阻且长，会面安可知？
胡马依北风，越鸟巢南枝。
相去日已远，衣带日已缓。
浮云蔽白日，游子不顾反。
思君令人老，岁月忽已晚。
弃捐勿复道，努力加餐饭。

——《古诗十九首》之一

行行重行行，不知道走了多久，也不知道走了多远，总是要离别的，天下没有不散的筵席。心重的是死别，心疼的是生离，离与别，字不同，却有着相同的纠结。上天让我们相聚，不过是为了有一日还要分别。

道路阻且长，《诗经》里说过，那个水中央的女子，我们不得牵手，只因“溯洄从之，道阻且长”，在水中央的，我们可以看见，彼此一望，便是千年万年，可是远隔了天涯之后呢？道不但是阻，道亦太长，隔着一千重山一万重水，我们望不见彼此，所能给予的爱太少，又太好了，让人不忍舍弃。

胡马从北方广朔的大漠而来，依北风而啸，越鸟从吴侬软语小桥流水的南方而来，筑巢的时候，总是拣着向南的树枝。这些精灵都心恋故乡，有着自己的精神方向。我们生而为人，也是这样吧，有着自己心灵的故乡，那是我们最终精神回归的地方，也终会把我们的灵魂安葬。这么多而琐屑的岁月划过，只是为了那个皈依向死而生的，世人却多不识得。

世界很静默。

蝶恋花·伫倚危楼风细细

（宋）柳永

伫倚危楼风细细，望极春愁，黯黯生天际。
草色烟光残照里，无言谁会凭阑意。
拟把疏狂图一醉，对酒当歌，强乐还无味。
衣带渐宽终不悔，为伊消得人憔悴。

因为那个人走了，不在我们身边，我们便要衣带日已缓吗？奉旨填词的柳三变，他定是知道这首古诗，他才写出了那样的《蝶恋花》：“衣带渐宽终不悔，为伊消得人憔悴。”为什么会憔悴呢？自己问自己不想答，不是不知道答案，是那个答案带着心酸、带着思念、带着悲怜沉入心之湖底，怕一碰触，便如出闸之洪水，把自己淹没了。

汉朝的女子，我很喜欢。阿娇、子夫、班婕妤，甚至还有赵飞燕，我都喜欢的，她们都是让人心疼的女子，想起她们，总是想代替她们去那个煌煌之汉宇活上一回，挣回一个响当当硬邦邦的自我。那个叫卓文君的女子，我也是喜欢的，喜欢的程度超越了阿娇她们几个。

文君是才女，自然有着自己的精神追求，还有对男人的价值认定。那夜，司马相如一曲《凤求凰》，文君心便动了，随相如私奔，于我而言，这一出私奔是世界上最美的情爱演出，无论男主角还是女主角，皆是带着无比灿烂的心花在暗夜

凤求凰

汉 司马相如

其一

有一美人兮，见之不忘。
一日不见兮，思之如狂。
凤飞翱翔兮，四海求凰。
无奈佳人兮，不在东墙。
将琴代语兮，聊写衷肠。
何日见许兮，慰我彷徨。
愿言配德兮，携手相将。
不得於飞兮，使我沦亡。

其二

凤兮凤兮归故乡，遨游四海求其凰。
时未遇兮无所将，何悟今兮升斯堂！
有艳淑女在闺房，室迩人遐毒我肠。
何缘交颈为鸳鸯，胡颉颃兮共翱翔！
凰兮凰兮从我栖，得托孳尾永为妃。
交情通意心和谐，中夜相从知者谁？
双翼俱起翻高飞，无感我思使余悲。

司马相如（约公元前179—公元前118年），字长卿，巴郡安汉县（今四川南充蓬安）人，一说蜀郡（今四川成都）人。西汉大辞赋家，中国文化史文学史上杰出的代表，是西汉盛世汉武帝时期伟大的文学家、杰出的政治家。其代表作品为《子虚赋》。

美给世人看。文君是随琴音而走的，是随高山流水的韵脚走的，她认为相如便是知她懂她疼她之人。女人，一旦爱了，便能吃得万般苦，受得千般罪，于是文君在那些穷苦的日子里，挽起锦袍袖，扎起细罗裙，她去当垆卖酒。那些卖酒的日子里，文君是情愿的，是心甘的，因了爱，才会甘心情愿。她认为她有了相如的相守，便有了世上的一切，灵魂此时比物质丰盈，此时的她有着那个缥缈的“爱”来做支撑。只是，一个男子，怎舍得自己的女人抛头露面换取银两来养活自己，是否有寡情的成分在内啊？文君不察，我也不知，世人也不懂啊！

相如是极有才的，一篇《上林赋》名动当朝，从此衣冠博带、羽扇纶巾、声色犬马纵横于官宦之地，这个时候的男人被虚无的东西遮住了眼睛，古今皆同。相如只是凡俗的男子，乱花迷人眼，他挡不住这些诱惑。

他想娶茂陵女为妾。

他已经忘了，曾有一个女子踏着他的琴弦离开了家；他也忘了，曾有一个女子为他向那些高尚的、卑琐的人绽开笑颜，只因要当垆卖酒。那些花前月下，那些风雨艰辛，那些相濡以沫，都忘了吧？“只闻新人笑，哪闻旧人哭”，再好的女子，一旦拥有，也是明日黄花。曾经的情爱，曾经的付出，都算得了什么呢？在声名的辉煌布景下，曾有的心动，曾有的举案齐眉，都是舞台角落里的原始显现，难看得不得了，又一文不名。

可文君毕竟不是寻常女子，她不会去低眉哀求，也不会去屈意承欢，她做了一件事，只此一件事，让我在历史的展读中，一直对她赞赏着、敬佩着、喜爱着，那便是她作了一首《白头吟》送司马相如，送那个她名义上的相公，实则已经负心了的人。灯光下，迷离的光晕映出她决绝的容颜，她说：闻君有两意，故来相决绝。她说：愿得一

白头吟

汉 卓文君

皑如山上雪，皎若云间月。
闻君有两意，故来相决绝。
今日斗酒会，明旦沟水头。
躞蹀御沟上，沟水东西流。
凄凄复凄凄，嫁娶不须啼。
愿得一心人，白首不相离。
竹竿何袅袅，鱼尾何簁簁！
男儿重意气，何用钱刀为！

卓文君（公元前175—公元前121年），西汉临邛（今四川邛崃）人，与汉代著名文人司马相如的一段爱情佳话至今还被人津津乐道。她也有不少佳作流传后世。以“愿得一心人，白首不相离”最为著名。

诀别书

汉 卓文君

春华竞芳，五色凌素，琴尚在御，而新声代故！
锦水有鸳，汉宫有木，彼物而新，嗟世之人兮，
瞀于淫而不悟！
朱弦断，明镜缺，朝露晞，芳时歇，白头吟，伤
离别，努力加餐勿念妾，锦水汤汤，与君长诀！

心人，白首不相离。她说得多么让人心怜啊，我都能想象得出她的泪就在眼里眨啊眨，她是深知“爱，就疯狂；不爱，就坚强”的个中三昧的，她在《白头吟》附书《诀别书》的最后又补了两句话，终于让我泪如雨下了。我想，她写的时候，泪肯定也是淌成了一条心河，盛载着她那么多的情与爱，那么多的悲与痛，她说：朱弦断，明镜缺，朝露晞，芳时歇，白头吟，伤离别，努力加餐勿念妾，锦水汤汤，与君长诀！

怎么会不伤？曾经一起有过许多的美好，是共过患难的，彼此的浓情都在心头辗转流连，是伤离别的，却不向你乞求，乞求来的感情无非是萍上末杯中影，知君有两意，我先来决绝，还是锦水汤汤，我要与君长诀。我先向你高挂起远去的征幡，不缠不恋不黏，清清楚楚，干干脆脆，把遗憾留给你，把苦痛留给自己。

让我清泪不绝的是，我们女人如此的圆融且多情，已是分飞燕了，还要殷殷叮咛，你要努力加餐饭啊，不要挂念我。薄情至斯的男子，

他不会忘记吃饭的，他知道新人比故人姝，他还要享受他新的情爱。他不用挂念你时，你会好过吗？只能证明自己曾经的付出都一钱不值，在世界的尽头，交肩而过时，我们就是回眸五百次，也难遇一次心与心真正的相合。

所幸，司马相如还有着一些多情的荷尔蒙，他和文君是一日相期千劫永在的，他看到文君的《白头吟》，他知道，此生，他再难遇到文君这样既美丽又聪慧的女子了，他回心转意，回到了文君的身边。我想，司马还是懂得文君的好的，此时回头，身边就是灵魂的岸。可是，文君的心上，没有伤吗？怕是今后的日子，男欢女爱中多了一点清冷。

古诗中的游子，相去了万余里，又相去日已远，恰是行行重行行的注解，相隔了遥遥而寂寂的时空，那些思念的女子，又有哪一个不是憔悴了朱颜？

思念会令人老吗？怎么不会啊，最摧残人的东西就是思念了。此时写《白头吟》的文君，也不会好过，她必定是一眼春宵泪，千回悲欲绝，轻描眉，独梳妆，两眸朱砂泪，相由心出的，枯竭的心念自然会呈现枯竭的红颜。她赢了尊严，输了爱情，在不知不觉中，岁月都已在树叶掉落间悄悄流逝，握在手里的，不是时间，不是空间，不是红颜，不是思念，不过是一掬空无。

不能再思了，也不能再想，只能努力加餐饭啊。在人生的向晚，怎么会发出努力加餐饭的慨叹？必定是因为此刻即便是山珍海味，即便是美味珍馐，也难以下咽呀。咽不下也得咽，还在想着，这个远行的游子会回来的，胡马都是依北风的，越鸟都是巢南枝的，动物尚且如此，人自然也会如此，只要生命还在，就有重拾旧山河的可能，于是默默叮咛自己，努力加餐饭，努力加餐饭，只为相见时。

文君是想告诉相如，要努力加餐；此诗是告诉自己，要努力加餐，我猜想，此诗成于东汉，定是化用了文君的《白头吟》。文君的爱那么无私而宏阔，此诗中女子的爱那么卑微，缺了文君的骨头。

如是我，遇到远行的男子，我会让自己好好的，好好地读这些文字，比如说，这些古诗，去自己想去的地方流浪。我的眼里只有我自己，我不用安顿自己要努力加餐，自自然然，想吃就吃，想玩就玩，做一个快乐而灵魂安静的女子，任身边的男子来来去去，心境上，这些都是与自己无关的。

也不能责怪那些个女子，爱情就是女人的命，要了爱情，便要了命。只有灵魂丰富的女子，才有先决绝的傲气，比如说文君，自己都可以当垆卖酒了，有没有相如，又有什么不同呢？经济上的独立也不是独立，人格上的独立才是真正的独立。一个人就能活得很好，一个人就能产生喜悦，这是做人的大境界。

我从不知道，这个世界上，还有一种爱情，抽丝剥茧，去除美丽的外衣，其实质竟然就是餐饭啊，有些可怜，也有些可悲。本来的本来，爱情的开始与埋葬，就只是一个瞬间，有什么好留恋的呢？

为什么会衣带日已缓，答案自现。

忧伤以终老

涉江采芙蓉，兰泽多芳草。
采之欲遗谁，所思在远道。
还顾望旧乡，长路漫浩浩。
同心而离居，忧伤以终老。
——《古诗十九首》之六

北方的风沙很大，很大的风沙里难以握住安详。

雪儿躺在软软的沙地上，对着夕阳要落的方向，那一泓残阳似血，雪儿戴了太阳镜，掩住了自己眼里的忧伤。

雪儿是个聪慧也明媚的女子，记得一句古诗“皑如山上雪，皎如云间月”，是雪儿的名字，也是雪儿的心地。

雪儿在想一个男子，一个曾经在雪儿身边的如玉般的男子。

雪儿不知道，时空上，这样的距离算不算远，几百里上千里的距离，从这边到那边，从前世到今生，不知道有没有时光机。雪儿知道，心与心的远近才是测定距离的唯一标准，世界上最远的距离，莫过于一对玉人情尽缘灭的眼神。

雪儿的身侧，有一株花树，伸手一摸，便有一片落花缤纷。这不是芙蓉花，雪儿却但愿是一朵芙蓉花，芙蓉花又叫合欢。雪儿想，世间怎会有合欢？为什么会有合欢？不知道别人的合欢有什么样的欢合，而雪儿与他却一直是不远不近的距离，不离不弃的距离。

此刻，雪儿允许自己想他，想他的一切，想他脆脆的笑，想他的可爱曾经让雪儿的生活加了多少的甜。

雪儿是曾经沧海难为水的女子，世间的繁华、世间的烟云，雪儿都见过。她未曾对他设防，他就那样不着痕迹地走入了雪儿的心里，他淡而不俗，直而不矫，有着玉一般温润的品质。他不是极品男子，却轻易地触到了雪儿心里最柔软的地方。雪儿欣然接受，束手就擒时，雪儿是知道结局的。雪儿说过，甘愿用此刻的甜来换以后的忧伤。

可以相守时，他固执地坚守自己的节奏，雪儿也是欢喜这样的慢时光的，一切来得太快，注定就是燃烧，燃烧成尘世里的一场灰，一阵风，就是灰飞烟灭了。雪儿知道，他想要的是长久或者永恒。雪儿随着他调慢了自己的步子，只想淡淡地相守，守得多久是多久，在这庞大的红尘旷景里，已经很不容易了，雪儿喜欢这样的静寂，还有欢喜。

雪儿今日想着他，折一朵芙蓉花，却不知该送谁，因为自己想念的他已经在很远很远的地方，他在雪儿的故乡，雪儿在别人的故乡，那一个故乡都是这样有着深深的沧海，难以逾越。白居易说过，此心安处是故乡，他的心自是安的，因为他是那么淡定而自信的男子，雪儿的心却不知何处安放。注定是要流浪的吗？如果此时心上有一丝丝的痛，也是不知情归何处而产生的痛。

此刻，雪儿横陈在尘世的诱惑之外，周围的风沙呼出凋零的呜咽，远处的马头琴飘过了破碎的声咽，雪儿在想，如果没有爱，在尘世经历多少魅惑和情欲都是空白的啊！

涉江采芙蓉

涉江采芙蓉，兰泽多芳草。
采之欲遗谁，所思在远道。
还顾望旧乡，长路漫浩浩。
同心而离居，忧伤以终老。

雪儿的魅惑经历得还少吗？雪儿用自己的智慧，一一化解。雪儿爱惜自己的羽毛，黑暗里，梳理羽毛的时候，能听到尘世的污浊掉落。站在他面前的时候，雪儿眼儿如水，心中藏媚，能这样活过，已是上天恩赐，怎能苛求啊！

该来的要来，或许，前世已经在佛前求过，求佛让一双玉人今生今世还有一点纠缠。所以那样温润的性格，带着那样温润的情感，在雪儿的一侧，仔细地守护过，认真地呵护过。雪儿是明白的，可是身为女子，更想要在此之上的一点温暖，一点来自于男子怀抱的温暖，哪怕一个，哪怕一秒。记得那日，他站在雪儿身边，雪儿真的想去抱他，雪儿想留点指尖的温暖给自己，可是他却轻轻地躲开了。雪儿这个时候，眼里含了怨，却不得不正视一个问题，是不是他从没有真正喜欢过自己？是不是自己还不够好？是不是自己一厢情愿地做了他的红颜？那一刻，雪儿知道自己输了，一个聪慧明媚的女子，一丝儿蓄意都是自毁。雪儿眼见得自己在心里用佛赐予的慈悲去摩挲伤口，直到一点点愈合。

该走的时候，还是要走的，走的是雪儿，没有拖泥带水，走得那么决绝。雪儿记得卓文君对司马相如说过：闻君有两意，故来相决绝。雪儿甚至没有和他告别，一切都在心里罢，你守着你的温润，我带走我的决绝。也许今生再不会相见，但是雪儿再不会给别人一个贪恋温暖的背影。

离开已经很久，雪儿不知道，远方的他，有没有一丝儿难过，对雪儿有没有一丝儿思念，可是，已经离居，就是思念又有什么用呢？此刻的风沙残阳下，所谓的爱，一个在明，一个在暗，明的流泪，暗的或许也流泪，红尘里有多少繁花似锦的深情经得起错失的断送啊。

此刻，雪儿想起那英的歌《愿赌服输》：原来我把感情当成了赌注，输了你，我输了全部。

雪儿泪如雨下。

妾身非无泪，有泪空自垂。在他一侧时，雪儿对他总是笑靥如花，用自己最温柔、最貌美的一面对他。他说过雪儿是他的开心果，雪儿那时候甘愿做他一个人的开心果，雪儿希望他永远都快乐。可是分离弥久时，雪儿心里还是有怨的，一点点的怨，一点点的欢喜，都是泪空垂的理由。

泪自腮边落下，落在沙地上转眼就不见了，沙地里的温度可以吸收一切水分，就像“相怜相念倍相亲，一生一代一双人”的邂逅与情爱，敌不过尘世里的干涸，不过就是转眼间的消失。沙从指间滑落，握不住，握不住时光，握不住相聚，也握不住彼此刻骨铭心的爱恋。

夕阳走了，雪儿用树枝在沙地里写下一首诗，是古诗十九首中的《涉江采芙蓉》。

又见长相思

孟冬寒气至，北风惨何栗。
愁多知夜长，仰观众星列。
三五明月满，四五蟾兔缺。
客从远方来，遗我一书札。
上言长相思，下言久离别。
置书怀袖中，三岁字不灭。
一心抱区区，惧君不识察。
——《古诗十九首》之十七

文远坐在书桌前，望着窗外。窗外的北风呼啸而来，带着尘世的寒凉。天空越来越暗，夜，让人不能拒绝地来了。

文远皱眉看着手里的信札，看得很仔细，生怕落下一个字。良久，文远望着天空，今晚没有月光，只有那么多大小不一的星子像是一盘残棋在天空悄悄罗列。

文远叹息，终于有了她的讯息，手里的信札，虽然没有落款，但文远认得，那一笔秀丽的字，舍她其谁呀，文远很熟悉，曾经那些字就躺在自己的书柜里，在暗夜里舞蹈。那个时候，文远曾体会到一种不可言说的幸福，可是此刻，文远看着信札上自己的名字，内心里升起一抹悲怆。文远真想不出，如果此刻她在自己身边，是该掐死她，还是再把她吻活？

十五月就圆，二十月会缺。月缺还是月圆，都是上天的旨意。

明月就如因缘，欲圆却不能圆。可文远知道，在明月的无限生命前，自己是随着月的圆缺而怅惘的，尽管人前自己是那么的淡定，可内心的感觉又怎能被自己忽略？

终于等到了这一纸信札，从远方捎来的信札，最能破解文远淡定的信札，此刻就在文远手上。文远想起了那个写出这一沓信札的女子，不，不是想起，是从未忘记。

在文远记忆里的女子还停留在春天，那时节，柳绿花红，她就像一枚蝴蝶在文远眼前飞过来飞过去。她看文远的时候，柔得从心底滴出水来，水汪汪的清泉仿佛只是为文远而流淌。她的媚与柔，文远相信，只有自己见过，文远那时候，心花是渐次开放的，一天天地为她而笑随她起舞。她对文远说，是文远让她破茧成蝶。盈盈一水间，脉脉不得语的时候，是没有过去与未来的观念的，也没有相聚与分离的概念。

如果知道她的寸心是存了离别的心思，文远当时会选择淡化与她的相见，会拒绝她像蚕一样侵略自己心之桑叶。可是文远不知道。那个时候，她常常对文远含蓄地表达，她只是想一个拥抱，让她体味尘世的温暖，可她却从不说，那是她告别的仪式。文远不给她拥抱，文远见过她失望而湿润的眼眸，心底里对她是怜惜的，可是现实是残酷的、无情的，如果必须得有一份清醒，文远心想自己是男人，担当还是有的。可是如果说自己真不想抱她一下，那也是假话，那样柔情似水的女子，谁又会舍弃呀，不是没有机会，不是不想，而是不能。

而今在寒冷的冬天，冷的何止是季节，还有自己的心。文远很后悔，如果知道结局，在那明媚的春天里，自己一定会伸出双手去抱一下那个明媚的女子，省得自己在如今的寒冷里，一无所依，也省得现在回想起来，竟然都是空白的记忆。

她在信札的开头，一笔一画地写下这首古诗，是《古诗十九首》里的一首。文远想象得到她是怎样地用自己的纤手一下一下地去写这些字，文远仿佛还看得见信札上的泪滴。

文远记得她的朋友说过，她就是那样一个古典的女子，适合住在古诗里。文远如今回想的时候，才明白，在自己身边的那个明媚而聪慧的女子，其实内心里有着古典的轻愁与多情。因为不察，而没有给予，是自己的错。

信札上，她说“上言长相思，下言久离别”。

真的，她的行走流畅而写意，她说文远一直住在她的心房里，她说这一生只允许文远一个人进驻。她说曾经在一起的时候，她们就像一幅古典的山水写意，那么淡那么雅那么诱人，可是世间事，她早看透，无非是满眼空花，一片虚幻，没有什么可以永垂不朽，所以她选择了离别。可是没曾想，离别日久，却还是风沙漫卷的相思，到如今，竟然是最关情，折尽梅花，也难寄相思啊。她说，她在想文远时，泪眼问花，花都不语，以至于乱红飞过秋千去；她说，因相思而别离，却又因别离而相思，这缠缠绕绕的心思无处可诉其心志，只好写这些信札给他，望他谅解。

文远看到此处的时候，有泪落下。

真的，不是不喜欢她，而是选择了保护她的方式，没想到会让自己的心生生地在痛。

文远知道，那个女子的心里藏了淡淡的怨，虽然从不说，可不代表没有，文远自认也是聪明的，焉能不知。可是那时候，文远认为来日方长，总还会有许多许多的时光可以蹉跎。可是有谁知道哪，岁月竟然是这样的不盈一握。因为怨，她选择了离开。

至今文远想起，还是心痛的。她走得一点儿也不拖泥带水，以至于文远觉得在她心里自己是不是还不如一绺空气。她没有向文远辞行，没有向文远告别，甚至连一个留恋的眼神都不曾给予，走得那么决绝。等后来文远想找她的时候，已经不见了踪影。今日，等到这一纸信札，文远才发现，她的影子那么清晰，在自己的脑海里，在自己的心里，在自己的血液里，她是悄悄然走进来的。今日的信札忽然触动了自己记忆的机关，一切都鲜明如昨。

那个女子有着精灵般的灵魂，行事诡秘而独特，让自己无法不牵念，分离愈久，自己越发地朝思暮想。

那个女子还在信札中，借古诗埋怨文远，说这些信札放在怀袖中，字迹三年都不会消失，还说，这心心念念的感情，怕文远不懂得。

文远不由得又笑了，怎会不懂得？自己又不是一尊泥佛，就是泥塑也是有悲悯的，何况坠落在凡间的自己？那样绮丽而绵密的情感，自己怎会不懂，只是未对她言讲罢了。

文远想起她在离开之前的一天，曾那样深深地望着他，像看一件值钱的古董。那样热烈而多情的眼神，当时自己犹抱琵琶半遮面的不懂得，现在才明白，那时她抱了诀别的姿态，一些要求她说不出口。文远忽然知道，自己是那样粗枝大叶，竟然辜负了一番琴奏。

彼此相遇的时候，是那样的彼此契合，在这场棋局里，没有输赢与对错，谁的付出都不会少。那个女子也不知道，在她离开的这许多时光里，文远的孤独与寂寞比以前更甚，她在身边时，文远曾获得的心灵上的宁静也随她走了。文远不会告诉她，自己是找过她的，不能大张旗鼓地找，让文远比日常多了几丝悲伤。那些没有她丝毫讯息的日子里，文远自己知道，虽然在人前强颜欢笑，内心却是难过的。

文远想对她说，自己的心里也是有怨的，既然你要远离，又何苦留那么多的多情给我？既然曾口口声声地说会心疼自己，怎么又能

长相思三首

唐 李白

其一

长相思，在长安。
络纬秋啼金井阑，微霜凄凄簟色寒。
孤灯不明思欲绝，卷帷望月空长叹。
美人如花隔云端。
上有青冥之长天，下有渌水之波澜。
天长地远魂飞苦，梦魂不到关山难。
长相思，摧心肝。

其二

日色欲尽花含烟，月明欲素愁不眠。
赵瑟初停凤凰柱，蜀琴欲奏鸳鸯弦。
此曲有意无人传，愿随春风寄燕然。
忆君迢迢隔青天。
昔时横波目，今作流泪泉。
不信妾肠断，归来看取明镜前。

其三

美人在时花满堂，美人去后花馀床。
床中绣被卷不寝，至今三载闻余香。
香亦竟不灭，人亦竟不来。
相思黄叶落，白露湿青苔。

李白（701 — 762 年），字太白，号青莲居士，又号“谪仙人”，是唐代伟大的浪漫主义诗人，被后人誉为“诗仙”，与杜甫并称为“李杜”，为了与另两位诗人李商隐与杜牧即“小李杜” 区别，杜甫与李白又合称“大李杜” 。有《李太白集》传世，代表作有《望庐山瀑布》《行路难》《蜀道难》《将进酒》《梁甫吟》《早发白帝城》等。

弃自己这么久而不顾？怎么能在那样浓的浓情里，选择了远离？

文远还想对她说，你会长相思，我读长相思给你，在你身边，我也学会了读古诗；后来依你选择的古诗作词调名，写过许多的《长相思》。文远还想说，今时今日，唯有李白的《长相思》最合自己的心境：

上有青冥之长天，下有渌水之波澜。
天长地远魂飞苦，梦魂不到关山难。
长相思，催心肝。

远方的她，你听得到吗？

文远想起一个神话：山不来就穆罕默德，穆罕默德来就山。那个远方的女子，过了这么久，你不再回来，我还可以去找你，我还欠你一个拥抱。今次见到你，再不会给你逃脱的机会，今生，你只能躲在我的羽翼里。

等着我。

机场，文远带着行李登机，带着她的信札，带着她的莲花，他要去找他命里注定的空前绝后的住在古诗里的女子。总有些前缘是要去延续的，与其放在两地刻骨地思念，不如一次放纵的相见。

芳心念远时

庭中有奇树，绿叶发华滋。
攀条折其荣，将以遗所思。
馨香盈怀袖，路远莫致之。
此物何足贵，但感别经时。
——《古诗十九首》之九

世间每个女子，都有一片澄净而明亮的芳心，以艳美或凄美的姿态或隐或现，藏起了许多美妙又孤独的心事。

诗中的女子便是如此。

春来，庭园中的奇树，绿叶葱郁，茂密地生长出许多情思。花开了，开得娇艳，开得繁盛，如同一个女子不可多得的花期，奇树下，一个女子攀下了绿色的枝条，摘下了开得最好的花朵，想送给离家远行的人。那个人走了许久，山高水远，让人思念不已。一刹那，这个女子衣袖和衣襟上盈满了花的馨香，她淡淡地站在树下，怅惘着这缤纷的花儿，路途遥远，怎么能送得出去啊！况且，此物也并不贵重，只是想借这朵花儿来寄托分别后的相思。

读完此诗，我有片刻的怔忡。

岁月冷，山河静，苍茫的大地间，只有一个思远的女子站在树下，风轻拂，有些许花瓣粉嘟嘟地落下来，一片，两片，三四片，洒满庭院，也洒满思春人的肩头。而笼了一身馨香的女子袅娜地站着，眺望着远方，隔了一千重山一千重水，他们就被生生地隔成了两岸，此岸是芳心念远，彼岸是秋水寒烟。

纸上的字都活动起来。树叶在纸上蓬勃地生长着，花儿在纸上骄傲地绽放，一枝枝、一朵朵，长成我在意的丰满与苍凉，女子也在纸上跳跃着去攀枝条，摘下花儿藏于袖中。忽然，我的纸又安静下来，树木静谧，隐而不言，女子静谧，她的怀恋、别离、伤悲、苦痛都化作了静谧的思念。

动静结合，颜色参差，如同一座老旧的留声机，此时的古诗不再是古诗，带给我一叠无以言说的时光胶片，即使是千年的时光，那别离的相思也无法沉淀。

我们在心头想念的那个人，也许离我们很远，山高水长，无法见面；也许离我们很近，却也是咫尺天涯，无法相见。我们总是想送他点什么，或许是花，或许是草，或许只是端午时的一个荷包，可总有些鸿沟是无法跨越的。路远莫致之，路远，远隔遥山，欲寄无从寄，鸿雁无法替，只能怅惘地握着这些旧物这些尘缘，知道此去经年，良辰美景皆是虚设，尘世的一切不是尘埃，就是化作了尘烟。

这个远，或许真的是无法逾越的远，就算是时光隧道开启，也无法抵达，可有些时候，却是因为在红尘路上同行的人，到最后竟然都走散了。从晨光熹微，走到日暮黄昏，身边渐渐空空如也，那些同行的人再找不到，这个时候，时光的小径上，只有自己徘徊，想丢弃自己也是不能。别离时，互道的再见，只是一句敷衍，有许多人许多事，一转身便再不会碰见。而缘分或深或浅，想要的不想要的，都没有永久，于时间的沙漏，不过是一点点。

背负着盛世的孤单，走过了韶华的流年，我走了好久，久到日益生累，双足疲惫，足停下，心也停下，我甚至找不到可以让我寄出心花的那个人。曾经他也在我的心里修房筑屋，准备长住，可是，远方永远是种诱惑，他也会选择好奇、选择关注、选择采摘、选择了他的选择，敏感如我，我刹那便能捕捉得到心的游离。我把一颗柔软而多情的芳心揉成了花瓣，只让馨香盈满自己的襟袖，而花瓣本身写满了落寞，载满了我孤独的心事，本不贵重，也无须寄出，而男人的心也并不贵重，不能掠夺。那么，从此后，无论是天涯近，还是咫尺远，都不再是我的锦瑟，本来，我以为我是别人的归宿，而历尽沧桑之后，谁还会懂得？

落花流水人去也，天上人间。

花开茂盛时便是繁华吗？不，如果人在远方，那只是落寞。在繁华中穿行过，在落寞中叹息过，世事都从沧海慢成了桑田，我不想再去攀折那些枝条，春光依旧时，山河却寥落，谁为她指点迷津？

谁又为我指点迷津？

曾几何时，有一个怀抱是我最想去的地方，在那里栖息，我犹如一只茧，经过滋养蜕变，只为化茧成蝶，那时的一个吻，如蝶一样轻抚过我的唇，我醉过了昏，我醉过了晨，我醉过了日和月，我醉过了雨和风，而一种洞悉人性的情愫却让这醉渐行渐远，我去修补去挽救，都已不能。怎能不一声叹息？同饮一杯时光的酒酿，怎能不向命运投降？

万千情意，逝水流光，都化作尘灰。

秋水苍颜，诗里的那个女子，你为他遗世独立，有什么用呢？他在他的远方，他有他的世外，他有他的桃源，不如我和你，我们为自己，红颜尽欢，省得有一日，秋风吹落花，徒留一片狼藉。

从此后，自己听微雨，自己喝淡茶，自己捧住檐角零落的时光，洗尽铅华，淡然心弦，种自己的因修自己的果，任凭他尘世流水与落花。

你若愿意，便和我一起，用文字果腹，用光阴下酒，在青青日光下，写一段属于自己的盛世年华。

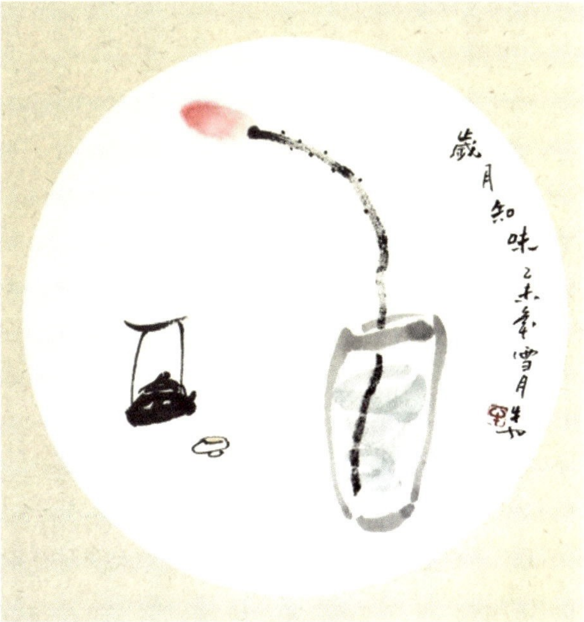

知音在何处

西北有高楼，上与浮云齐。
交疏结绮窗，阿阁三重阶。
上有弦歌声，音响一何悲！
谁能为此曲，无乃杞梁妻。
清商随风发，中曲正徘徊。
一弹再三叹，慷慨有余哀。
不惜歌者苦，但伤知音稀。
愿为双鸿鹄，奋翅起高飞。

——《古诗十九首》之五

雨过，天晴，辰光正好。

可是雨带来的伤情却还在我心里停驻。也许，上天冥冥中自有安排，在我最悲怜的心境里赐给我这一首最伤情的诗，哦，不，是一首曲子，让我的悲和伤叠加，在这样一个午后，泪落涔涔。

我淡泊名，远离利，却割舍不下知音的离去。那些日子，我像一只蝴蝶，和花朵在一起，只是为了让别人看到花的时候，也看到了我自己。那些日子，我曾经多情而高蹈地弹奏并未使对方识得曲中情意，也许是因为这样，对方才选择了离去，只留我余音袅袅，一唱三叹，疼痛不已。

诗人一兵说，有时候，疼痛是证明活着的唯一方式。思来，尽然啊。

捧诗静吟，又是一首知音曲。

千年前的东汉时期，诗人夜晚出行，却不期然遇到了他一生中

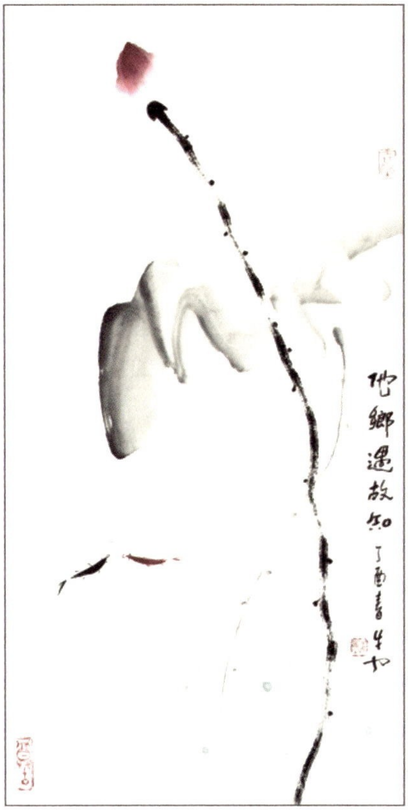

最催人泪下的场景：

西北处有高楼，高耸得可以与浮云相比肩。那些窗子镂刻着美丽的花纹，窗格交错成绮文，高楼四周是飞翘的阁檐，这阁楼建在层层叠叠的三重高台上，站在楼下，楼上飘来的歌声中有琴弦在伴奏。那弦歌多么悲凉啊！谁能弹出此曲呢？莫非是因为夫君为齐君战死，那悲痛使杞之都城都为之倾颓的女子吗？清商之曲清凉而悲伤，随风四处散发。这悲弦奏到中曲，渐渐舒缓回荡。忽然，琴声铿然弹过一声响之后，四周静寂，然后便听到了歌者的三声叹息，那是抚琴的女子哀音未断，不是在叹息琴声歌声里传出的痛苦，而是伤感琴声里缺少了知音的悲戚。诗人还在心里安慰抚琴的歌者，让我们化作鸿鹄，结伴高飞远去吧，飞向那广阔的蓝天。

我吟过一遍又一遍，泪流满面。

“但伤知音稀”，这世上，哪里有那么多的知音？红尘纷扰，除了追名逐利，便是明哲保身了，有谁会因为听得懂琴音，就一个在高台弹琴，一个在山下砍柴？又有谁会因为知音的离去，就选择摔碎那把名贵的瑶琴？

寻觅了好久，有了错觉，自以为那种美好的感觉停驻时，便是知音了，于是小心翼翼地擦拭着一把古琴，期望这把琴能弹奏知己之音，莫让乱世的尘灰染上琴弦，辜负了一番情意。可时光流逝时，才恍然惊觉，自己以为的那个知音，他不是自己的知己，他也没有听得懂琴声里传出的千古音律与万千不绝于缕的相思意。

罢、罢、罢，一唱三叹。

伤情之时，也明白了一个道理，这知音之曲，它本不是我的花儿，我只是恰好路经了它的盛放。事实的真相如此简单也如此残酷，从此后，一缕花魂依然在世间孤独地游荡。

有一年的高考作文，题目是“为什么孔雀东南飞”？有个考生的答案是“西北有高楼”。

当时，惊讶于此考生别具的才思。今日品此诗，才知道不仅仅如此啊！除了“孔雀东南飞”可用“西北有高楼”同样的汉乐府诗名来对答外，此中还藏着许多隐秘的逻辑关系。

孔雀东南飞，五里一徘徊。

刘兰芝，美丽、多情、孝顺、贤惠的女子，被婆婆休回了娘家，可刘兰芝对自己的丈夫焦仲卿的思念却没有减少，当得知他们不能永远在一起的时候，刘兰芝投清池自尽，焦仲卿拣着东南枝也追随而去了。

小小的时候读这首《孔雀东南飞》，就掉了眼泪，所幸，还有一个男子与刘兰芝在一起，算作一丝悲怜之后的欣慰吧。

一个古代的女子，知音难觅，除了自己千般好依然被嫌弃的刘兰芝，还有一个白居易的琵琶女，嘈嘈切切错杂弹时，商人已是重利轻别离。离乱的尘世，谁又能解得谁的伤悲？谁又能抵偿得了谁的泪？

诗人在寂静的夜里，在西北层峦重霄的高楼下，听到了一曲悲凉的弦歌，一弹三叹的时空音律，扰疼了诗人的心。楼上的歌者是那么的孤独，她借琴声在暗夜里传送的时候，是多么期望自己眼里心里的知音能听得到啊！可是她却寻不到，如果寻到，也是沉默，如何还能奏出这哀怜之音？知音不在，纵使宫商角徵羽，如同仙乐，又如何呢？一片枉然啊……诗人泪水潸潸，自己也是孤独之人，自己也是在这寂寥的苍穹之下，遍寻不到知音。

楼下的诗人与楼上的女子，一时被知音稀的旋律击中，魂也飞去魄也离散，不知今昔何时，不知身在何处，只余悲情在空中久久不去。音不去，我也被拴住了脚步，无法离去，沉浸在诗里，伤感不已。

有人说，此诗中的弹奏者就是诗人自己。不，我不同意。我宁愿是诗人在夜里听到了一首清冷的清商之曲，还有一个女子从菱唇中逸出了三声敲碎时空距离的叹息。这悲情，这离情，这伤情，多么的凄凉，多么的美。

有些时候，不想要的偏偏来了，悄悄地润物细无声地来到自己身边，于是产生错觉，以为是知音的幻象，便固执地握着那一丝杳渺的心思，并把它种入泥土，冀望能长出一朵知音的莲花，可是耕耘培土抚育，此莲却不盛开，低头思忖，才知道这是前世的一点露水姻缘，短而迷离，该还的已还，该欠的还欠，远远不够怒放。恼了，怒了，疼了，不如放下。

放下如果容易，世上还有悲情吗？是有那么多的美好在内的，心动时的怯如鹿撞，相处时的甜蜜惊喜，一颦一笑一嗔一怒，都镌刻在心头，与回忆长在一起，如果揭下，必是连皮带肉的，和着血泪，疼在心上，痛在身上，欲罢不能。

知音啊，我是鲛人，为你落泪成珠。

但是，又有什么理由不放下？放不下是情感，不放下是态度。清醒如我，知音不在时，总是硬生生地撕裂自己，把伤口袒露在外，然后再忍气吞声、忍辱负重地让自己一点点痊愈。

悲哀的是，从古至今，男人的知音是仕途、是政治、是名与利的战场，女人的知音却是杀人不见血的情场，谁也没有比谁好过几分，孔雀东南飞不好过，西北有高楼也不好过，钟子期不好过，樵夫也不好过，张学良不好过，赵四小姐也不好过，林徽因不好过，金岳霖也不好过。男人叹，女人弹，知音难觅。

知音哪儿去了呢？

如果世上真没有了知音的存在，也没有了知己一说，是不是人们从古至今的歌者苦和知音伤会少一些？悲会少一些？甜和乐会多一些？

春光已老，佳期如梦，再怎么样的挣扎，也是遮不住的思愁满眼，盖不住的隐痛如山。自己陪自己，喝一壶肝肠寸断的酒，听一场意兴阑珊的雨，唱一首撕心裂肺的歌。

有些东西，适可而止。

千古情与恨，与谁语？

思君令人老

冉冉孤生竹，结根泰山阿。
与君为新婚，菟丝附女萝。
菟丝生有时，夫妇会有宜。
千里远结婚，悠悠隔山陂。
思君令人老，轩车来何迟！
伤彼蕙兰花，含英扬光辉。
过时而不采，将随秋草萎。
君亮执高节，贱妾亦何为！

——《古诗十九首》之八

思君果真令人老吗？天才晓得。

《古诗十九首》第二次说到了这五个字，然后，我沉寂。

第一次是在《行行重行行》里：“思君令人老，岁月忽已晚。弃捐勿复道，努力加餐饭。”思念着，思念着，人就老了。也许不是岁月的消逝，只是容颜的改变，由丰润转到憔悴，有思念在里面发酵，发酵到醇浓，甚至喷涌而出，然后无以为继，只能努力加餐饭，多么简单而又多么卑微的情绪。

第二次，是这首名为《冉冉孤生竹》的诗里，又说“思君令人老，轩车来何迟”。你迎接我的马车怎么来得这样迟啊？蕙和兰都要枯萎了，我也随着秋草，郁郁地离去。

身边净是漫天的风雨，我便在风雨中软弱地想你。我没有想象中那么坚强，我只是一不小心就披了坚强的外衣。孤单的无数岁月里，能救我的愿意救我的，一直是我自己。我只好披了盔甲征战，可是我多想我的身后站着一个男子，他会疼我，他会宠我，用一只写惯了诗句的手，替我遮一遮风雨，哪怕只有一点，哪怕只有一刻。

想你，会让我老去吗？我不相信。想的时候就想了，只是想，没有理由没有结果地想，但我相信，若你驾马车而来，执高节而来，我便会恢复我曾经的美丽。

也许这世间本没有一个你，只是我自己的绮丽编织出一个你，这不是你，只是我的哲学，只是我的浪漫，只是我的幻想，然后，我再去思念这么一个你，一个由我的思想造就出来的你。

心得空闲时，想用思君来抵抗、来沉淀、来忘记那些风刀霜剑，于是把倚在你身边的曼妙过滤了一遍又一遍，你这么地让我喜欢，行也喜欢，停也喜欢，动也喜欢，静也喜欢，如此，哪怕思君是苦涩的，我也不想逃脱。

世上多的是孤生竹，尽管腰杆挺得那么直，尽管不妖不媚水灵灵地向上生长，可也是一言难尽的孤独。挺得再直，却得独对严寒；长得再翠，也是孤临风雨。我不想做这样的孤生竹，我只是尘世间一颗微粒，我想和你结根泰山阿。那松软的厚土之下，我把自己的根和你牵连在一起，你中有我，我中有你，今生即使是腰折背弯，我也是无悔的。你说过，你就是一座大山啊！今生都不动如山。那么，我是不是可以幻想，你就是我的依靠，尘缘上的依靠，灵魂上的依靠。万千幻象，我只要抵达内心的那一个，只是为了风雨之中，我不再孤独，你会拥我入怀，接收了我的眼泪，接收了我的软弱，然后，再给我备船挂帆，送我远航。你会吗？

菟丝花开，黄色的，只想攀附在女萝上，缠缠绕绕地一起繁盛，再一起老去，是因为一旦爱上就不可自拔。你是我的女萝吗？我不愿

做菟丝花，即使花开也只是依赖，我终究会走的。可是我在软弱的时刻，目光却愿意为女萝停留。我为什么这样倔强，在尘世间，选择了孤独地流浪啊？！

蕙，还是兰，都有自己盛开的花季，又有哪一个惜花人，会在花开正盛时莅临，摘下花的浓艳，做成干花置于案头？世间没有正好，总是错过，所以花开时，花只能自惜，疼花花奈何啊！“有花堪折直须折，莫待无花空折枝”，这是怎样一种等待和呼唤啊？等于把自己裸露给别人，摆放着一种输掉的姿态。我愿在思君令人老的时光里，尽情开给自己，只要一点点念想，却终生不形之于口。

我是不是得去一个地方，在那个地方，我一个人，就能遇见你？那里是一望无垠的旷野，那里有风，那里有阳光，那里还有草地，你已经迎着风张开羽翼，只等我傻傻地飞进去，你便收拢了再收拢，还我一个昏天黑地，还我一个生死相依。

没有你的日子里，我像一抹游魂，吸人间精华，也吸霜雪雨露，让自己滋润，让自己丰润，只为了有朝一日，遇见你时，以一种让你心动的姿态，让你拥了入怀，这样的思念也会令人老吗？

你也会想我吗？

世间事该是对等的，如果我的思念换不来你的回应，我也许早已逃离；如果你的思念，换不来我的如花笑靥，你也许早已把心门关闭。你在想吧？想那个孤单的，把自己放置在风口浪尖却又温柔如湖水的女子，她给过你许多快乐，给过你心动，给过你世间最美的情事，如何能轻言放弃。

如果思念会让你变老，你还愿意思念吗？虽然，你是我设计出来的人物，但我想，你是愿意的，你用自己的方式守护着你从前世到今生，才遇到的美好，你不会强求，只是温柔地守候。

你说，我是上天送你的礼物，你会怜惜的，你会思念的，不管时光会不会老去。

想念的时候，心情是潮湿而柔软的，就像窗外刚刚有了点雨意，隔着遥远的帘雾，生命中那些曾经被爱惜的事物和人，注定会活在彼此的记忆里。

我愿意从此只珍惜你，不管是不是最好的，只要愿意去珍惜，那便是蕙和兰遇到了知音，不远不近，不离不弃，世事都是恰好的。

就算是思君会令人老去，我也不会折断我的思念，因为我们还未抵死缠绵过，岁月的花还未在你我身上开出艳丽，我会让我的神思停留在恰好的状态，等待你的青睐。

一切的一切，只缘于我相信，君亮执高节，我像菟丝花般的依赖，不会成为满眼空花，一片虚幻。

其实，做冉冉的孤生竹，也没什么不好，聚时欢喜，散时忘记，也挺好的。思君，美丽的字眼，是和一个灵魂牵手的，令人老，又有何惧？

如果你在思念，我能听到。

明月与离思

明月何皎皎，照我罗床帏。
忧愁不能寐，揽衣起徘徊。
客行虽云乐，不如早旋归。
出户独彷徨，愁思当告谁！
引领还入房，泪下沾衣裳。
——《古诗十九首》之十九

值伏天，暑热难耐，好不容易等来了夜晚。

屋外的蛐蛐儿，不住鸣叫。从阳台的纱窗下透过来几丝凉风。循着这凉意，我到阳台上去。忽然眼前一闪，我抬眼看，游过了一只壁虎。久违了的这只小壁虎，摇着尾巴，牵引着我走向户外。

院子里的树丛后，已不见白日的狂热，凉风习习，我在一块青石上坐下来，静静地，我融入了夜里。城市的灯光或明或暗、或黄或白、或高或低，闪烁在夜空下，灯光明亮，城市繁华，我却见不到我的明月光了，心上泛起如许的悲伤。

谁来引我，踱向我的乡村？谁来引我，踱向三十年前月光的清凉？谁又能来接引我，去寻找千年前那一轮皎洁的明月？

呆呆地托腮沉思，没有月光，没有清辉，没有蛙鸣，也没有犬吠，可我有情思，有愁思，也有相思，我的情与思都进入诗里，我能听得懂那些远古的离思。

“明月何皎皎，照我罗床帏。忧愁不能寐，揽衣起徘徊。客行虽云乐，不如早旋归。出户独彷徨，愁思当告谁！引领还入房，泪下沾衣裳。”千年前清浅的月光踱进屋子，床上横卧着一位孤独的女子，月光已经慢慢爬上了床上的帏帐，那月光虽温柔却清冷，时间的沙漏滴答，床上的女子越发地不能接受月光的凉，她辗转反侧，难以入睡，只好披衣下床在屋子里徘徊。（在历史的长河中，这又是一个思夫的妇）爱人啊，你离乡远走，已经好多个年头了吧？在外乡的日子，也许你很快乐，可是你知道我在思念着你吗？你不想念家乡，不想念我吗？不如归来吧。千声呼万声唤，远行的游子依然在远方，只是一介不出

深闺的女子，怎能忍得下这种相思？思情难抑，这个女子走出了屋子，在院子里彷徨，月光依然清凉，她的愁思能告诉谁呢？无法诉也无人听，彷徨在清冷的院子里，千年前的她和今日的我一样，只有凉风徐徐吹来，吹出一个透心凉。夜深露重，月上中天，抹不去的寂寞，说不出的凄凉，她只好返回屋子里，一个人，一个人轻轻地躺回冰冷的床上，泪水终于忍不住落了下来，浸湿了衣裳。

这哪里是一首诗，分明是一幅画。画中女子的愁思像一根线，连着她，也连着我，那边是影影绰绰的月华如水，这边是灯光遮月的无边惆怅，中间隔着三国，隔着两晋，隔着李白的床前明月光，隔着苏轼的把酒问青天，隔着李清照的夜凉初透，隔着仓央嘉措的东山顶上，只有两个女子、两缕飘零的情思，遥相呼应。

我不忍再想，也不敢再去体会，怕惊扰了古诗中的女子，我也回转树影婆娑处。我想起，那种离人的思念曾经光临过我，我的他走远了，我像缺了三魂的躯壳，在世间游荡，那三魂已随他而去，怕他苦，怕他寒，盼他乐，盼他暖，心心念念愿他平安，这种思念就像欠下了的债，只有在见到他时，才能够本利还清。

从古至今，思念，尤其是惦念远方游子的愁思，是最折磨人的呀！它让多少女子泪湿衣裳，它不着一字就摧损了多少红颜！千年的时光飞逝，这情绪却鲜活如斯，只要是一个多情重义的女子，便不能够逃脱这个牢笼，任自己衣带渐宽下去。可悲的是，这些女子，包括我，却又享受着这种愁思，给它冠上美感，并由此在历史的长河中迸发出璀璨的诗句。

心爱的人呀，如果可能，我多么不愿意想你！

后来，有一个叫陆机的人，他作了一首《拟明月何皎皎》：

安寝北堂上，明月入我牖。
照之有余辉，揽之不盈手。
凉风绕曲房，寒蝉鸣高柳。
踟蹰感节物，我行永已久。
游宦会无成，离思难常守。

这首并不算难懂的诗，像是与《明月何皎皎》的两地书，此唱彼和，我读来是心酸心慰也心喜的，终于男人们有同样多的思念，终于有了写给思妇的诗句。

静静地躺在北堂的床上，明月入了窗棂，清辉满房，却抱不到手里，也揽不入怀里。凉风绕着房子吹，寒蝉还在堂外的高柳上不知疲倦地鸣叫，时令一节一节地消逝，已经远行很久了呀，想要做官，却一事无成，不由得更想家中的亲人。这种难守的离思，又有几人懂得？

古人总是聚少离多，交通不发达，通讯也不发达，为了功名，为了官宦生涯，常常是身如浮沉雨打萍似的到处奔波，家中就常常留下了那些如花似玉的美眷。在外漂泊的人，有着不欲与外人语的辛酸可怜，那种对家人的离思便如雨后的青草，生长得真切而且猛烈。

可为什么是明月呢？为何明月让人心生离愁？千百年来，明月亘古如昔，暮升朝落，不曾改变过它的轨迹，它是从不管悲欢离合的，可是为什么离人面对它的清冷，便会衍生出那么多的悲愁、思念、心酸、痛苦、忧伤、辗转以及眼泪呢？

无名氏与陆机，仅仅隔了一百年的时光，他们一起在历史的经纬深处，在那些寻常的巷陌里、树影下，互相弹和着同一首长相思，一直到了唐朝，李白才给他们的曲谱配上了精妙的词：上有青冥之长天，下有渌水之波澜，天长地远魂飞苦，梦魂不到关山难，长相思，摧心肝！

体味着这些离思，我像抽去了硬骨的纸鸢，软软地卧在床上，城市的变迁已经很少能让月光踱进来，可我一样难掩心动的相思，想着，想着，想着我的《九张机》，夜雨敲窗声滴沥，声声阶下破沉寂，一番欢喜，一番悲泣，一半遗忘，一半铭记，遗世而独立，我不由得也落下泪来。

即便是离思，也是好的，总还是有些牵连没有断。没有了魂牵梦系，即便有月光清凉如水，怕也不会揽衣起徘徊、忧愁不能寐。我是这样的女子，愿意做一只风筝，如果有人愿意牵着线不放，一起翱翔，我更愿意被温柔捆绑，那么，我但愿远方的人能像陆机一样，对着明月想我，还能作出如月华般的诗句。

行文至此，我的珠玉说他远行回来了，我在凉风里，不知该说些什么。他哪里知道，我的心已经百折千回，在千年的月光如泄里，我已经流连了好几个轮回，我串起了离思，顺便也在想着他的温润如玉。

思念就是这样，从一个无言的起点，走向一个无言的结局。

我想念我的乡村，我想念我的月光，当然，我也想念我的离人。

世间无永远

明月皎夜光，促织鸣东壁。
玉衡指孟冬，众星何历历。
白露沾野草，时节忽复易。
秋蝉鸣树间，玄鸟逝安适。
昔我同门友，高举振六翮。
不念携手好，弃我如遗迹。
南箕北有斗，牵牛不负轭。
良无盘石固，虚名复何益。

——《古诗十九首》之七

没有人能留住韶光。昆曲里有一句：

> 原来姹紫嫣红开遍，似这般都付与断井颓垣。良辰美景奈何天，赏心乐事谁家院？朝飞暮卷，云霞翠轩，雨丝风片，烟波画船，锦屏人忒看的这韶光贱！

看到这个“贱”字，总也难掩心头的酸楚。

韶光抑或多情，抑或无情，其实，我们都被它抛弃了。它带走我们韶华的时候，是从来不与我们商量的。

只不过眉眼攒动的刹那，天已经凉了。夜凉已经如水，街上的喧嚣被秋风吹走了，吹得心也生凉意。明月，几千年如一日地按时出没，从朔月到晦月，从上弦月到下弦月，月圆月半，各自盈缺。月光皎皎只是为了给黑夜一点温暖，尽管温暖也只是暂时的，一月也只有一天，它才愿意与黑夜紧紧相拥。秋风吹凉了世间的人情世故，顽强抵抗的只有蟋蟀（促织），在墙角一声接一声地鸣叫，叫声也透出了几丝凄凉。

玉衡星（北斗七星之一）把节令指向了孟冬，历历众星高挂苍穹，不过也是在见证，从夏到秋的凄凉，从秋到冬的冷意。时节来来去去，这么容易。在枝头鸣叫的，已经被称为秋蝉了吗？燕子、燕子，已经要南飞了吗？摸一把沾在野草上的露珠，这是感时之花飞溅出的泪珠吗？

是不是还会恨别鸟惊心？

“昔我同门友，高举振六翮。不念携手好，弃我如遗迹。”只是同门友，怎能相伴到白头？即使是夫妻，也常常是大难临头各自飞的。同门友，不过师出同门，一起求学，没有踩着同门的肩膀而往上爬，已经保证了道德的高度。即使是同门，也没有我高举，便要提拔你的义务。古代的“义”，是一种需要提倡的口号，真正践行者不多。提携者凤毛麟角，弃如遗迹者才是常态啊。

其实，道理我们是知道的，却难掩心头的情绪，对吧？

当初我们一起携手，走过人生的雨，人生的风，一起对吟桃花，一起对弹流水，彼此也曾引为知己的，携手二字，意味真的无穷，是什么样的缘分才可以让我们携手，而且还是携手好？必定是那时节，我们促膝深谈，我们有着共同的理想，共同的甘苦，只是这些岁月的情节，还在我心里活泼泼地生动的时候，你怎么就放弃我了呢？弃我如遗迹，多么悲痛的几个字，读到这里，我的心就像被岁月无情地拆至坍塌的旧山河。

谁会记得谁？谁会忘了谁？

心花开时，美丽、温柔、炫目，开出特质，住进另一个人的心头，不消多久，也许只是一个节令的更替，心花可能就会凋零，长出不尽的荒草，没有回音的等待、没有相聚的分离、没有结果的开始，都会如冰霜一样，凌迟了所有的感觉，都会让心花枯萎，终至闭上心之门。更何况还有外界的风霜血雨，这一切都是那么脆弱，怎么敢奢求永远啊！

站在秋意凉凉的夜里，唯有一缕思念，随着秋蝉和蟋蟀的鸣叫高高低低地起伏的时候，其实已经知道，有一种结局叫“弃我如遗迹”。

多少人，多少事，都是走着走着，就淡了，处着处着，就散了。

世间有许多幻象，都是骗人的。在昔日携手好的过程中，多少事情多少话语都是虚幻的。曹雪芹深谙其中三昧，所以为我们营造出一个“太虚幻境”，梦醒来，一场空，而人生，从无到有，从生到死，其实就是一个太虚幻境啊，更何况曾经携手好的一小段人生轨迹？

南箕星，只是像簸箕而已，不能用来簸粮；北斗星，只是类斗而已，不能用来量物；牵牛也只是一个样子罢了，在银河与织女遥遥相望，不能驾辕也不能负重。这些都是假象，都是太虚幻境，只是人类给自己一个美妙的想象。

没有固如磐石的友情、爱情，也没有永远，这世间，永远是用姹紫嫣红的表象来换断井颓垣的结局。

那么，虚名复何益？

是啊，虚名复何益！

要那些虚名做什么呢？我早早就明白了这些道理。我对这个世界的需求缩减到了最低，不要虚名，不要微利，不要爱情，不要坚守，只是自己孤独地活着，与时令一起，春来冬去，不想记得旧时好，不想记得故人姝，不想让自己有负累。

静静地看南箕北斗，还有牵牛，不再去责怪他们，只是担了一些虚名，知道世间无永远，便不对世界寄任何希望，即使此刻是明月皎夜光、促织鸣东壁，也是极好的，没有牵挂，便没有怨怼。

当我们意气风发，为小小的职位而汲汲奔走时，就应该想到，总有一天，我们会辞去所有职务，回归春风秋雨；当我们在宦海里浮浮沉沉的时候，就应该想到，这不过是幻象，总有携手好，会弃你如遗迹；当我们还在花前月下时，就应该想到，总有一天，会形同陌路、同床异梦。一切的一切，没有永远，预料到结局，是不是在开始的时候，就会看淡一切，心平气和？

抛弃我们的何止是生命中的人，更严重的是时光啊！所以韶光贱用得无比准确。可多少人还在名利场上挣扎，在情爱场上奔突？等一切幻象散去，我们触摸到实质的时候，已经被时光无情地抛弃了！我们的锦绣年华，转眼就成白发枯颜，甚至未来得及看到月华如水，就成了荒野枯骨，生命何其脆弱，我们只是尘世间小小微粒，被庞大的世界弃如遗迹。

想来，身前身后都是悲哀，在一怀清凉的明月光中，微微地落下泪来。世界弃我如遗迹，我弃世界如敝履。

我们都是过客，从来处来，到去处去，来如春梦几多时，去似朝云无觅处，我们不知道为什么要来，又为什么而去，只是在这宏大的红尘旷境中追逐、挣扎、奔突、折腾，从生来，到死去。

那么，良无盘石固，虚名复何益？

衔泥巢君屋

东城高且长，逶迤自相属。
回风动地起，秋草萋已绿。
四时更变化，岁暮一何速！
晨风怀苦心，蟋蟀伤局促。
荡涤放情志，何为自结束！
燕赵多佳人，美者颜如玉。
被服罗裳衣，当户理清曲。
音响一何悲！弦急知柱促。
驰情整巾带，沉吟聊踯躅。
思为双飞燕，衔泥巢君屋。

——《古诗十九首》之十二

“思为双飞燕，衔泥巢君屋”，这十个字的乐章，多么好啊，像一根急弦，缓慢却有力地拨痛了我的心，这是比任何誓言都动听都美妙的诗句。再去翻阅典籍，再没有什么文字可以比拟。

如果我们是双飞燕，但愿能在你的屋檐下筑巢，一起迎接日升月落，一起度晨昏，一起在天凉初透时飞往南方之南。可惜前生修行未够今生托生为人，也没学来聊斋情境，化身不成燕子，只能在蟋蟀伤局促的冬日里，遥望着远方，心怀悲怜地想你。如果佛能给我一次机会，我愿意从此褪却人身，化为飞燕，一天天地衔泥，一点点地筑巢，在你的屋檐下搭一个栖身的窝，陪伴你无数个春来冬去，不，哪怕一冬亦可，只为记下那些你的影像，从此后，哪怕轮回转世，再不会忘记。

对时间飞逝的感叹，古今是皆同的，人物也是皆同的。“回风动地起，秋草萋已绿。四时更变化，岁暮一何速！晨风怀苦心，蟋蟀伤局促。”一年年时光更迭，风知道，雨知道，于是吹起动地之风，下起凄凉的雨。花知道，草知道，于是一次次地枯萎老去，一次次地挣扎重生。春知道，秋知道，于是春风携细雨而来，秋雨挟朔风而去。鸷鸟（晨风）知道，蟋蟀知道，于是它们在树上一声声地鸣叫，等待命运给它们的死去活来。你知道，我也知道，于是你只要了我们短暂的相识，便转身而去，于是我太早地预知了结局，却在今日绝望地想你。

世间有很多梦，都是很美的。

诗人便梦见：燕赵多佳人，美者颜如玉。被服罗裳衣，当户理清曲。音响一何悲！弦急知柱促。驰情整巾带，沉吟聊踯躅。诗人眼里的佳人，长得美，还在他的家里为他弹一首知音之曲，可是为什么那曲子传出的音律是那样急促而悲凉？是不是知道，不过是短暂的缱绻，转眼便是彻骨的分离？为什么整整巾带，还会有这样的踯躅？哪一个女子在心爱的男子面前不是局促的？如果在分离之前，有一场云雨之欢，是对分离的最好祭奠了吧？

只可惜这只是黄粱一梦，梦醒后，青衫已湿。

我们都不擅长告别，于是相背而行，都未曾留下丝毫温暖的纪念。爱情的王子把爱情的长车驾走了，不曾搭载我，也不曾搭载你，即使是想“荡涤放情志”，世情又怎么会允许！

困在一所荒凉的院子里，“东城高且长，逶迤自相属”，那些物事，不管多高多长，不管从哪里来到哪里去，都是我心的牢狱，轩窗夕阳下，炊烟一缕袅袅而去，时光分明是白日，做多少梦都是枉然。那些日子都在眼前回放，那些为你心动颦眉的情绪都在心里酿成一条河流，从去年冬日流到了如今。我把诸多荡气回肠，都酿成一杯名叫难过的清酒，除了和泪咽下，别无他法。

九张机

一张机，采桑陌上试春衣。风晴日暖慵无力，桃花枝上，啼莺言语，不肯放人归。

两张机，行人立马意迟迟。深心未忍轻分付，回头一笑，花间归去，只恐被花知。

三张机，吴蚕已老燕雏飞。东风宴罢长洲苑，轻绡催趁，馆娃宫女，要换舞时衣。

四张机，咿哑声里暗颦眉。回梭织朵垂莲子，盘花易绾，愁心难整，脉脉乱如丝。

五张机，横纹织就沈郎诗。中心一句无人会，不言愁恨，不言憔悴，只恁寄相思。

六张机，行行都是耍花儿。花间更有双蝴蝶，停梭一晌，闲窗影里，独自看多时。

七张机，鸳鸯织就又迟疑。只恐被人轻裁剪，分飞两处，一场离恨，何计再相随？

八张机，回文知是阿谁诗？织成一片凄凉意，行行读遍，恹恹无语，不忍更寻思。

九张机，双花双叶又双枝。薄情自古多离别，从头到尾，将心萦系，穿过一条丝。

窗外，白日已尽，我把世界坐成了一座荒城。

你的屋檐下，还空着吧？请你，请你一定空出那个可以筑巢的屋檐，然后许了给我，让我在荒城之外还有一丝念想。请你一定清理好你的屋檐，等我下一世转生为一只飞燕，孤独地寻来，在此筑巢，陪你一些寂寥的人世时光。

想你时，无以为继，我去听古曲，幻想着自己也如古人一样，美颜如玉，被服罗裳，在你面前，素手拨琴弦，弹奏一曲幽思之音。用琴音诉说我的刻骨铭心。可这也只能是幻想，世事纷纭，心事挡不住时间的洪流，我只能在秋草的一枯一萎中一天天老去。

你也会老的，你的容颜你的心也许早已枯瘦，你还能记得我吗？记得我为你写一曲《九张机》，记得冬去春来的时候，你曾收到过一封锦色风情，那时的锦色风情后还有你锦色的笑容？如果上天可以，我愿意让自己早一点凋零，换一些时间给你，让你在这个世界上多多地体味红尘冷暖，然后我可以化身为燕子，一程又一程、一世又一世地来到你的屋檐下，衔泥筑巢，形式上我们是两个世界，实际上，我从来与你不曾分离。

古诗十九首，于我，分明是一首首离歌，而我束手就擒，拼却今生欢，日日长亭暮。

怀想亦断肠

凛凛岁云暮，蝼蛄夕鸣悲。
凉风率已厉，游子寒无衣。
锦衾遗洛浦，同袍与我违。
独宿累长夜，梦想见容辉。
良人惟古欢，枉驾惠前绥。
愿得常巧笑，携手同车归。
既来不须臾，又不处重闱。
亮无晨风翼，焉能凌风飞？
眄睐以适意，引领遥相晞。
徙倚怀感伤，垂泪沾双扉。

——《古诗十九首》之十六

一切的过往，一切的曾经，一切的情景，都发生在我的念想之中。

那时候，你是我的良人，你驾着爱情的长车来迎接我，你我在执手相看的时候，你还把车的前绥放在我的手上，我们许了终身，把彼此的心意绾成了同心结。那时候，你喜欢我巧笑嫣然的情状，你和我驾着我们共同的爱情长车一起回家。我以为我们的长车会从那一刻驶向未来的远方，那时候，世间事都是花团锦簇，像耀眼的长虹点亮我的生命。

怎能不记忆深刻？

怎能不怀想？日思夜想，怎能不入梦？

怀想入了梦，也只见美好，眼波流转，情意万千。如我能住在梦中，该有多好。

可梦终归是梦，梦醒来，万事成空。

岁月已暮，苍天已远，凉风已厉，蝼蛄悲鸣，你在远方，身上可有御寒之衣？虽距千重远，犹记寒衣单，远方的星空下，有没有另一位佳人为你缝制一件寒衣啊？一如我当年的女红。床上的锦衾曾经宿过你我缱绻如鸳鸯，可如今你却把我抛下了，锦衾已没有你的温度，暖不了我日益寒冷的心。在这累累长夜，独宿在这房中，如同坐着心的牢狱，你懂我的孤单吗？我只好一次又一次、一点又一点想着你的容颜。

想着想着，便已梦见。

可是，教人又爱又恨的人啊，你来的时间这样的短，且只在梦中，我不能和你交颈依偎，不能在这闱帐之中和你颠倒晨昏。梦是一座城，现实是另一座城，梦和现实之间，我见到你的容颜，却摸不到你的衣袂，可你的气息、你的凝视还在眼前耳畔，心怅怅然。

纵使我这样地想你，可我没有晨风之翼，不能凌风飞去，追寻着你，逐你世事千重。我只好揽衣下床，站在门边，顾盼四望，引颈遥想，可你在哪里？遥远有多遥？山重重水迢迢！

倚着门扉，绮丽的梦，冷冷的锦衾，爱情长车亦远去，这是多大的落差啊。夜空中月亮独自来了又去，我和月亮一样孤单，月亮在夜里怀想太阳，我在风中怀想着你，这么久，你在远方是否有了新的同袍？而我却被思念弄湿了朱颜。心事万边起，一秒比一秒感伤，一分比一分难过，一时比一时伤痛。除了落泪成珠，沾湿门扉，我又能做什么呢？

坐困愁城。

漫漫长夜，空房独守，我只有怀想，守着那一点绚丽的回忆，把怀想煮成浓茶，一日又一日地独自咽下，怀想时有甜蜜，可更多的是断肠啊，你知道吗？

这柔肠已断，珠泪纷飞处，是缘自距离吗？

是的，是距离，是时空的距离，也是心的距离。隔着淼淼时空，音讯皆无；隔着晨昏轮转，不见心的电波如一抹游魂款款而来，心上唯有痛楚。过往，越美好，此刻，越伤痛。远方的人，岁月暮时，日月交替，你可有这般情思？就像我这样站在门扉边想你？

不，我想你不会，男儿有凌云志，或许可以孤独，却不会断肠，男儿的记忆是选择性的，为仕途、为欢娱，什么都可以舍弃。这个世界上，你爱到魂牵梦萦的人，总是会与自己擦肩而过。我能做的，只是在人世中，喝一杯添加了回忆的咖啡，听一场叫作往事的烟雨。

或许我要的也很简单，只是在重闹之中，有须臾之欢。有了这须臾之欢，便可抵今后刻骨的思念、距离的遥远。可这也不可得。只有寄予怀想，一寸寸光阴地怀想，一夜夜任思念啃啮我如花般的躯体。

如果可以，我不再做那个锦衾中人比黄花瘦的女子，我愿长出晨风之翼，凌风飞去，经受风霜雨雪的考验，日日追随着你，纵使相逢应不识，尘满面，鬓如霜，我也无悔。如果可以，我愿驾着我们的爱情长车，前绥在你的手里，我只需笑靥如花，我们便生生死死在一起。

如果上天怜我，我不愿再拥有记忆，将世间纷繁都视作虚无。

人生忽如寄

驱车上东门，遥望郭北墓。
白杨何萧萧，松柏夹广路。
下有陈死人，杳杳即长暮。
潜寐黄泉下，千载永不寤。
浩浩阴阳移，年命如朝露。
人生忽如寄，寿无金石固。
万岁更相迭，圣贤莫能度。
服食求神仙，多为药所误。
不如饮美酒，被服纨与素。

——《古诗十九首》之十三

“人生忽如寄”，人生在世，不知从何处来，汲汲营营几十年，不知到何处去，却如来这个世上寄宿了一次。“寿无金石固”，哪一个生命能坚硬过没有生命的金与石？草木不能，动物不能，人也不能，大自然的风吹草动一不小心便能毁灭了那些贱如蝼蚁的生命。

岁月更迭，秋去春来，千秋万岁，天地大道循环不已，即使是圣人先哲，也无法超越生命的脆弱，几千年有文字记载的历史，长生不老只是个传说。

几千年来，或真或假，总有人得道成仙，羽化而去，骗得后人们炼丹药、修真身，妄图修成神仙，位列仙班。最迷信的是那些执掌权柄的帝王们，往往乐此不疲，把毒药当补药，自己摧残自己，荒秽了朝政，糟践了人伦，就这一点，明朝为最。英明如唐太宗者都未能勘破。

对生命和寿命的渴求，说穿了，不过是一个哲学命题，一个从古至今都未曾有过定论的“存在”命题。

千年前的东汉，一个诗人，从洛阳城往外走，出了上东门，遥遥地就望到了城北面邙山上的坟墓，那些坟墓下埋葬着早已死去的人，他们长眠于黄泉下，再不能醒来。

去往邙山的路上，风吹来，耳边都是穿林打叶声，松柏长在道路两旁，萧萧垂立。诗人站在这萧索的大地之上，感叹着，自己不久也将是走向松柏深处的人，也将长眠于泥土之下，于是寂寥的情绪纷至沓来，这生命、这有限的躯壳，相对于无限的空间（浩浩阴阳移），不就像树叶上的晨露吗？转眼就会消失。

眼前景心中事引发了诗人的悲怆，话锋一转，他说，不如饮美酒，被纨素，且去行乐。

写出这首诗的人，为什么会北出洛阳，然后发此感慨呢？有人说，他是因为身处东汉的乱世，报国无门空有一身文武艺，无法施展。权且当作这是真的。凌云志却襟抱未开，确实是痛苦的。但是，抛开不入仕途便要郁郁寡欢的情态，仅就生命而言，即使平凡如草芥，不也是“来如朝露，去日苦多（曹操也是由此而成《短歌行》）”吗？

为什么，两千年来，这种生命的悲凉从来就没有止息？那是因为，古人便是我们现代人的过去式，他们活着我们的感觉和情愫，他们经历着我们所有的焦虑、悲怆以及对生命的难以把握。

现在的社会空间日益扩展，社会交流日益频繁，由此而来的不可控制、不可预计的成分也在日益增加。人抛离了最初出发时的情势，被社会裹挟着往前走，纷纷乱乱，忙碌不堪，孤独、荒谬、无可依靠，没有归宿，即使生活富有，精神也无聊而委顿，这种种困顿，成了现代人的通病。

这样的忙碌及荒谬，与古人对生命的慨叹，其实如出一辙，都没有归宿。没有了归宿，也就找不到存在的意义。

人为什么而存在？不管为什么，它就是个客观存在，必然的存在，来时不可控的存在。若去追寻存在的意义，活得就困倦而疲累，就如一只苍蝇，“小小寰球，四处碰壁”。不说清为什么存在，又觉得“人生忽如寄”，飘飘忽忽，没有价值。这种悖论总是让许多人无所适从。其实，不去想人生的存在，也会时常体会到人生的悲凉与无常，这种感觉还会伴随着人们从生到死的过程。

那么，怎么办呢？

近读李泽厚，感悟良多。他给出了“故园情意”的哲学思想。

他说，以亲子情、男女爱、夫妇恩、师生谊、朋友义、故园思、家园恋、山水花鸟的欣托，普救众生之襟怀以及认识发现的愉快、创造发明的欢欣、战胜艰险的悦乐、天人交会的归依感和生命经验来作为人生真谛，便能证明你真正活过。在这日常的、平凡的、似乎是俗世尘缘中，就可以欢庆自己偶然的生；在这强颜欢笑中、这忧伤焦虑中，就可以努力把握、流连和留住这生命的存在。执着于人生的体验，而又能领悟人生的真谛，这就是故园情意。

也即是说，存在就是生命本身，一点点、一天天去享受那些生命的片断。

古人不能入仕时，如果生活充裕，原本可以游荡于山水之间，泼墨于纸绢之上，沉浸于亲情之中，也是欣然。今人在工作闲余，不要把金钱看得高过一切，不要把生命浪费在餐桌上、麻将场上，而是步入天地之中，体验天人合一的奇妙，复古风，弹弹琴，养养花，体会绚烂纯洁的爱情，哪怕是去做义工，怀普救众生之情怀，也能活出归宿感。古今一同，换一种思路，便是换一种活法，进入“山是山，水是水”的境界中，便是安身立命，便是永恒不朽。

那么，“寿无金石固”“浩浩阴阳移”，又如何？

从这个意义上讲，“不如饮美酒，被服纨与素”，倒也探得“故园情意”之皮毛，只是它是被动的，显得消极。

生命便是这样，让它回归情感本体。

来过，即可。

何不秉烛游

生年不满百，常怀千岁忧。
昼短苦夜长，何不秉烛游！
为乐当及时，何能待来兹？
愚者爱惜费，但为后世嗤。
仙人王子乔，难可与等期。
——《古诗十九首》之十五

生年满百的人并不多，尤其是在古代的医疗条件下，常人几乎都不满百，这是人生规律，也是自然规律。但是几乎每个人都怀了“千岁忧”，忧自己身后事，忧子孙之安乐，忧国忧民，也为天下忧而忧，后一点，文人为最。这一句做了全诗的开篇，点出了一个恒定的人生命题。

王子乔，是历史上一个真实的人，黄帝的四十二代后人，本名姬晋，东周人，字子乔，他是王氏的始祖（找到了自己姓氏的祖先，且喜）。传说中，他会吹笙，能吹出凤凰的鸣叫之声，后来被神秘的道士接上嵩山，乘鹤成仙。从王子乔所在的东周到诗人所在的东汉，经过了几百年，几百年的时间，人们终于明白，王子乔的境遇并不可得，纵使现实境遇再不堪，得道成仙也只是个幻梦，也许正是由于现实的无奈，更衬出了不能成仙的内心荒凉。

诗中有一句“愚者爱惜费”，讽刺了那些为子孙积攒钱财的人，也许攒下万贯家财，只能换来后世的一句讥笑。对照现实来看，这句诗依然有着警醒的意义。多少人为挣钱，缺失了信仰，挖空了心思，道德丧失，人伦泯灭，枉顾社会公德。一个“费”字，让多少人前赴后继，致使现在的人们只能感叹，环境日益恶劣，人心逐渐不古，整体社会道德滑坡。仅仅一个“嗤”字怎能表达得了后世人的思维和情感？而那些积攒钱财的人又怎样了呢？很大的官二代、富二代，哪一个不是父辈为自己挣下了万贯家财，又铺平了前进的道路？结果又怎么样呢？

这首诗的立意还在“为乐当及时”这一句。“及时行乐”出自于此，这一人生哲学。贯穿了中国几千年的思想史和文化史，至今也能觅到踪迹。

东汉时，汉王朝的国祚已在旦夕之间，一个即将土崩瓦解的王朝面临的必然是社会的动荡，精彩的三国之戏就要开幕，这个时候正是乱糟糟的过渡期，也正是文人最痛苦的时期。自古社会不太平时，思想和文化就会出现高峰，汉末当然不例外，这时候的文人们找不到出路，纵有经邦济世之才，也无英雄用武之地，不知该效力于何方，他们只能是感叹生不逢时，无奈之下，诞生了《古诗十九首》，也发出了“及时行乐”的呼喊。

“及时行乐”的背后，不过是一种生命恐惧，这种恐惧，是被抛到这个世界上之后，又找不到意义和归宿时的恐惧，灵魂无以安放，只能在恐惧的废墟上开出“及时行乐”的罂粟之花。

我最喜欢这一句：“昼短苦夜长，何不秉烛游！”是啊，何不秉烛游？诗人的才思是绝妙的，充满了浪漫主义思想，昼太短夜太长，怎么办？

秉烛游！

白天用来游玩竟然还不够，夜空下，还要提着烛火去游玩，不是白昼太短暂了，实在是生命太短暂了，只好夜以继日，只是，这黑灯瞎火的，纵是美景当前，又有几分色彩？秉烛夜宴或清谈倒是还有几分情致。当时的人们，生活有多苦闷，由此可见一斑。可苦闷中留下的这种浪漫和幽默，却是一笔财富，这是藏在中国人骨子里的，而且形成了中国人自己的哲学，笼罩了从古至今的现实。

抛开当时的社会环境不谈，开篇的两句“生年不满百，常怀千岁忧。昼短苦夜长，何不秉烛游”，是有几分达观的成分在内的，由这几分达观，也引出了人们的几分自由意志和社会责任。我们每一个人，若都能怀“千岁之忧”，那自然也是社会之幸。

怕只怕，把“及时行乐”的思想弄拧了。“今朝有酒今朝醉”，“当一天和尚撞一天钟”。今天我做官，便卖官鬻爵，捞取钱财，横征暴敛；今天我有钱，便大肆挥霍，开宝马车撞死人，去澳门豪赌成性，豢养女人，培植打手，横行一方，为富不仁。这都及时行乐了，于社会的安定、人性的修炼，又有何益呢？

由古人创造的“何不秉烛游”的达观哲学，在几千年的历史上，曾无数次地关照过安抚过人们的心灵，尤其是在乱世，东汉末、魏晋、五代十国、元末明初、民国时，每当社会纷乱，这种来自于人们内心深处的哲学就会起作用，几分达观、几分浪漫、几分幽默、几分向往自由的心，支撑着人们生活下去，也能诞生诗歌和文学，如今的社会，“何不秉烛游”一样能安放一些漂泊的荒凉的灵魂。

长的是磨难，短的是人生。想一想，当我们不能左右时局之轮运转的时候，不如修一个自己的心性圆满。去山水中安放性灵，在情感中释放情绪，让自己不为俗世捆绑，身和心多几分自由，不为钱财所累，饮美酒，被纨素，秉烛游，缝补自己残缺的内心，已经就是超脱于尘世之外，相当于“仙人王子乔”了，不是吗？

别样的闺怨

青青河畔草，郁郁园中柳。
盈盈楼上女，皎皎当窗牖。
娥娥红粉妆，纤纤出素手。
昔为倡家女，今为荡子妇。
荡子行不归，空床难独守。

——《古诗十九首》之二

《文心雕龙》中，有《物色》篇提到了叠字之趣：“写气图貌，既随物以宛转；属采附声，亦与心而徘徊。故‘灼灼’状桃花之鲜，‘依依’尽杨柳之貌……并以少总多，情貌无遗矣。”是字虽少却能表达很多事物的意思，此诗便是如此。

昔日有一女子，春日凝妆上翠楼，她看到的，草已泛青，且青一色铺在河边，从河的这头到河的那头，望不到边。楼下园中的柳树也已从嫩黄过渡到浅绿，绿得郁郁葱葱，绿得恍如有轻烟从中衍生。楼上的女子盈盈而立，姿态雍容，她面容姣好地立在窗边，阳光映衬出了她白皙的面庞，她红妆素裹，确实曾经当窗理云鬓，对镜贴花黄，纤细而光洁的手臂伸出来，遮住些日光，好让自己能看到近处的草色青青，看到远处的山山水水。你看，这几个字还真的以少胜多，写出了很多的情貌。

而我觉得，这叠字，不仅仅是状物之情貌，还有音律之美，“青青、郁郁、盈盈、皎皎、娥娥、纤纤”，考虑到了平仄对仗之美，置于整首诗中，读起来便有了高低起伏、抑扬顿挫之感。当然，这不是首创，它起承于《诗经》“桃之夭夭，灼灼其华”，又转合于唐诗宋词元曲。唐诗中寒山和尚的“啾啾常有鸟，寂寂更无人”，宋词中有易安的“寻寻觅觅，冷冷清清，凄凄惨惨戚戚”，元曲中有乔吉的“莺莺燕燕春春，花花柳柳真真”。我读元曲时，说这叠字有“大珠小珠落玉盘”之音韵美，大概也可以诉此情状了。

诗中有一离家的游子，或是荡子，已经离家很久了，一年又一年的杨柳依依，也未见回转，女子只好一日日梳洗凝妆，只为游子归来的时候第一眼便能看到自己最好的模样，纵使时光如电，也要让游子在归来的时候看见如昔般花颜，续起如昔的欢爱。

我不明白的是，古诗中的男子为什么都要选择离家远行。是为求取功名吗？可在东汉那个环境里，战乱频起，民不聊生，哪一个皇帝和政府是可以效忠的呢？是为游山玩水吗？也许！在山水中安放自己多情而郑重的灵魂是个不错的选择，可为什么，山水中游荡却不曾捎回家书一封？让她在绣楼上无望地守候。是为养家糊口吗？也或许是，可为什么，既然为生计离家出走，独守的女子却有那么多的忧伤？诗中女子住在高楼上，且有植满柳树的园子，园子外还有潺潺的河流，而且，女子还可以盛妆上楼，可见家境殷实。是出外征战吗？这女子却又没有生离死别的情绪，还一腔儿嗔、一腔儿怨、一腔儿喜地等他回来。分明都不是，这是个谜。

在此之前，无名氏也写过闺怨，是那首《饮马长城窟行》，同样以“青青河畔草”开头，其中有几句非常著名：“客从远方来，遗我双鲤鱼。呼儿烹鲤鱼，中有尺素书。”那也是一个思远的妇人，可

声声慢

宋 李清照

寻寻觅觅，冷冷清清，凄凄惨惨戚戚。乍暖还寒时候，最难将息。三杯两盏淡酒，怎敌他、晚来风急？雁过也，正伤心，却是旧时相识。满地黄花堆积。憔悴损，如今有谁堪摘？守着窗儿，独自怎生得黑？梧桐更兼细雨，到黄昏、点点滴滴。这次第，怎一个愁字了得！

天净沙·即事

元 乔吉

莺莺燕燕春春，
花花柳柳真真，
事事风风韵韵。
娇娇嫩嫩，
停停当当人人。

杳杳寒山道

唐 寒山

杳杳寒山道，落落冷涧滨。
啾啾常有鸟，寂寂更无人。
淅淅风吹面，纷纷雪积身。
朝朝不见日，岁岁不知春。

李清照（1084—1155年），号易安居士，齐州济南（今山东济南章丘）人。宋代女词人，婉约词派代表。诗词创作、诗词理论颇佳，有“千古第一才女”之称。有《易安居士文集》《易安词》，已散佚。后人有《漱玉词》辑本。今有《李清照集校注》。代表作有《声声慢·寻寻觅觅》《一剪梅·红藕香残玉簟秋》《夏日绝句》等。

乔吉（约1275—1345年），一作乔吉甫，字梦符，号笙鹤翁、惺惺道人，太原人，流寓杭州。一生无意仕途，以“江湖状元”自居。在元代被称为元代“曲家翘楚”。现存杂剧《扬州梦》《两世姻缘》《金钱记》三种。散曲有《梦符小令》。

寒山（生卒年不详），字、号均不详，唐代长安（今陕西西安）人。出身于官宦人家，多次投考不第，后出家，三十岁后隐居于浙东天台山，享年一百多岁。元代他的诗流传到朝鲜和日本。明代他的诗篇收入《唐音统签》的《全唐诗》中。清朝皇帝雍正把他与他的好友拾得封为“和合二圣”。寒山的诗风是口语体的白话诗。正如其诗所写：“有人笑我诗，我诗合典雅。不烦郑氏笺，岂用毛公解。”

饮马长城窟行

汉乐府民歌

青青河畔草，绵绵思远道。远道不可思，宿昔梦见之。
梦见在我傍，忽觉在他乡。他乡各异县，展转不相见。
枯桑知天风，海水知天寒。入门各自媚，谁肯相为言！
客从远方来，遗我双鲤鱼。呼儿烹鲤鱼，中有尺素书。
长跪读素书，书中竟何如？上言加餐食，下言长相忆。

好歹良人还给她捎来尺素书，尽管书中未提归期，总归还在安慰，“上言加餐饭，下言长相忆”。有过怀念总比什么也没有的好，满诗的哀怨。

闺怨

唐 王昌龄

闺中少妇不知愁，春日凝妆上翠楼。
忽见陌头杨柳色，悔教夫婿觅封侯。

在此之后，王昌龄也写闺怨，说是凝妆的女子，看到陌头杨柳色，就“悔教夫婿觅封侯”，这里是悔、是怨、是苦，与《古诗十九首》不太相同。王昌龄是否化用此诗，不得而知。及至后来有了越来越多的闺怨诗，都是在阐述闺中寂寞，暗夜凄苦，难以渡过。或者与边塞诗连在一起，说明征夫离家，家人无望地守候。这些闺怨诗的色调很暗。

可这首《青青河畔草》偏有几分明媚。

这里的女子是个倡家女。古代，“倡”并不等于“娼”，她们只是以才艺吃饭，并不出卖身体，不是寻常人理解的娼妓。即使只是倡女，也是迎来送往的，见惯了各色人等，终于可以择木而栖从了良，原想可以耳鬓厮磨、被翻红浪的。可这夫君，又走了，抛下了这明艳的女子，一年年杨柳青青，却不见斯人归来，女子只好满腔嗔怨地说一句：空床难独守。

正值妙龄女子，空床可能真的难以独守，不然就不会有红杏出墙了。

若搁在宋代以至明清，这简直是石破天惊的一句埋怨，即使是闺词，也是惊世骇俗的，在东汉，却还不会被指责。可是，就算不是罪过，要是大剌剌地这么喊出来，也是要有几分勇气的。可见这个女子多么的有个性，情感又是多么的强烈、多么的浓艳，连带着古诗也这么的明媚，以至于这闺怨是怨而不伤，十分明艳。

他是我思念的人，我想之、念之、心之、系之，有何不可？总比藏在心里，像黛玉一样绝魂而去要好得多。光阴如此短暂，还未曾过尽千帆皆不是，日子就已经老成夕阳了。有爱，说出来，也不枉过一生。说过，做过，努力过，即使到最后是两不相干的，人生终了时，也不会后悔。

由此而言，这闺怨该是多么的别样，即使放在今天，也有明亮的色彩。

春来了，草色入帘青，陌头杨柳也青成一笼烟，桃花就要开了，我们是否也该盛妆出行，去我们想去的地方，和我们欢喜的人在一起，踏踏青，谈谈情，蹙几分明媚交给今后的岁月？也让春风春雨春花春柳春色春情，抚慰我们的心灵。

走吧。

思还故里闾

去者日以疏，生者日已亲。
出郭门直视，但见丘与坟。
古墓犁为田，松柏摧为薪。
白杨多悲风，萧萧愁杀人。
思还故里闾，欲归道无因。

——《古诗十九首》之十四

又是清明，草长莺飞，是踏青的季节，却也是返回故乡祭奠先人的季节。

各地风俗不同，自然祭奠的形式也不同，但，总归是还乡了，还乡的意义还有另一层，那便是和仅有的亲人或族人团聚，这是经常被一般人忽略的一点。

平日工作繁忙，也不仅仅是工作，还有那些推不掉的应酬，剪不断的所谓前途理想，占去了很大一部分时间，终于算是上天给了个理由，思还故里闾，至亲的人从各个地方回来了，大家结伴，走在春光里，这个时候才感觉到，相同的血缘真的在流淌。

春风吹得很劲，温度比前些日子低了十几摄氏度，柳条不胜摧残，发出呜呜的悲鸣。走出村庄，走出阡陌，在荒无人烟的山的那边，我看到了古诗中的情景。

坡上坡下，田间地头，山脚松间，都是坟墓，有的还是新坟，花圈还簇新着，坟头的柳条还未成活，这是不需要忌讳的话题，生命是那般的脆弱，我们每个人都要经历这些。有的已经有轻烟冒起，坟前跪下了远方归来的、近处守候的人。北风吹得白杨呼啦啦地响，犹如唱着一曲曲低转沉婉的哀歌，那气氛，是思念亲人的悲伤，是人死再不能复生的萧索。可还有更让人扼腕的，有的古墓已经被犁为田地，曾经坟头植下的松柏也俱化为农人灶间的柴火，如今从远方归来，已经找不到可以寄托哀思的场所，那种感觉，失去亲人的人们都会懂得。

远远地凝望着那些寂寥的或者是欢欣的身影，体味着他们的惆怅，也体会着他们久别重逢的亲情，我的心胀得满满的，想落泪。这世间，没有什么会永垂不朽，苍茫的大地，风吹来，一切都会灰飞烟灭。

悲怆的情绪还未疏散，环顾着周遭屈指可数的亲人，又一层愁思浮起。是啊，去了的人，随着时日的长久，对他们的印象会越来越模糊直至最终幻灭；新生的一辈，又在时光的流转中，一日日长大，一日日熟悉起来，也越来越亲，这一来一去，是多么浩渺的时间和空间啊。这世界，就是由这些来来去去、古今代谢而组成的。我们处于这个时空中，是多么的渺小。

我只是一个未曾远离家乡的人，却已在清明这个时节体会出这么多的悲叹和离合悲欢，那些离家远游的人呢？那些再也回不去故乡的人呢？那些故乡没有了亲人，或者亲人尚在而归家不得的人，一定有着比我更旷达的愁思，在远方看到丘坟与愁杨，一定会落下难以抑制的泪水。

我仿佛看到千年前的洛阳北郭城外，站立着一个背负着双手、眼神迷离、眺望着荒郊野外的诗人，辽阔的天地间，只剩下了他一个人，天地悠悠，怆然涕下。

好了，收拾起这缥缈的思绪，回到古诗中来。

其实，这些字句之间，有一层未说得很透的意思，就是我们每一个人都应该在可能的范围内，和亲人在一起，骨肉团圆，享受天伦之乐。这个时候，老人还健在，殷勤叮咛都在眼前耳边，小娃儿才出世，还来得及见证他们的生涩稚嫩，时光不等人的，如果拖延到“去者日以疏”，就剩下后悔和哀愁了。

现代的人，把自己弄得像机器一样的精确，却也像机器一样的寡淡，该有的欢乐、该有的人生、该有的亲情反倒变成了负担，这不是本末倒置吗？

细细地品味这几句，诗人为什么有故乡却回不去？他为了什么远离家乡？仕途吗？这十九首古诗始终没有交代清楚，我们也不好猜度，但可以肯定的是，这个诗人不快乐。他为什么不快乐？

诗人站在郭门外，直视丘与坟，冥思着天地苍茫，写出了这样的诗句，可想而知，他的前途是渺茫的，无处来无处去的无奈让他更加思念亲人思念故乡。

近读林语堂，对人生有诸多感悟。人，都被一种梦想或假象欺骗了，执着地向着伟大的目标走去，比如说，为官要执政为民，圈钱是为了慈善，还有拯救人类的伟大理想，等等。其实这都是虚无的，这些东西放置在苍茫的天地间，被风一吹就化为尘土，更不用说，在这个过程中，还不择手段扭曲了心性，而一个人真正的愉悦应该是来自于内心的快乐。内心的快乐，不是刻意而为的，而是要把自己真正放进自然中，放进宇宙中，体味花开、风吹、雨落的美，体味人生、人死的归宿感，学着抛开事物的假象，观照自己的内心，快乐自然就来了。

而到达快乐的方式也很简单。哲学半儒半道，生活半隐半显，日子半忙半闲。有工作却不以改造世界为目标，只是糊口的工具，日子过得不太忙，有很多的时间闲下来，可以听听雨落的声音，最好去大自然中，聆听自然的圣谕，过着半隐士的生活，偶尔在社交圈中露一下脸，不必太有钱，够温饱就好了。

如果这样，那么古诗中的人就不会不快乐了吧？世积乱象，而我只是一介农夫，荷锄负镰乡间行走，够得着温饱，亲人们在一起，不曾分离，多好！即使是经世需要，出没朝堂也可，展雄才定乾坤，免黎民于水火，而心却始终安放在田园，那么，快乐就像春天的风、秋天的雨，稍微踮一下脚，就够得到。

可千古得一精髓者，唯陶渊明一人而已。

洁身以自好

回车驾言迈，悠悠涉长道。
四顾何茫茫，东风摇百草。
所遇无故物，焉得不速老？
盛衰各有时，立身苦不早。
人生非金石，岂能长寿考？
奄忽随物化，荣名以为宝。
——《古诗十九首》之十一

这是《古诗十九首》中第一个回来的人，不免让人惊讶。其余的诗人都是游子。看多了“游子不顾反”“荡子行不归”“客从远方来”这样的诗句，听多了那些怨妇们“著以长相思”“下言久别离”“空房难独守”这样的叹息，这一刻，忽然感觉到有清风迎面吹来，好像峰回路转，好像失而复得，终于可以从古诗的忧伤中走出来，因为总算有个人回来了。

但是，这个人的回乡与那些近乡情怯的情怀有太多的不同。他驾车回来，走在长长的归途中，马蹄“嘚嘚嘚”响在空旷的田野，茫然四顾，看到的是东风吹起百草，呜呜作响，无望地摇曳。相对寂静的空间里，他想到的是，今日归来，所遇到的花鸟、草木、树林、山石、田垄等等万物，都已经不是他离去的模样，在外面流浪的时日太久了，年华都已蹉跎，人，不可避免地老去了。

这世间，谁能没有这种叹息呢？花有花期，草有荣枯，我们虽说有一定的寿命，也是在穿越了季节的容颜之后，开开落落，一日日从红颜到白头。前些日子，在山间遇到“千年巨石”，很古旧，很朴拙，朋友说，每一颗石头都是千年生万年长的呀。对啊，金石已在世间缄默了万年，又岂是人的生命可以比拟的？

万物生灵自有盛衰，人的生命也有降生和寂灭，那随人的存世而生长出来的生计、名位、事业、金钱、物产，也是有盛衰荣枯的。古诗有云：万里长城今犹在，不见当年秦始皇。英武如嬴政，也只不过留下了一个始皇陵供后人饶舌，而他自己早已在岁月的流转中灰飞烟灭。所有的东西都会消失殆尽，人，不过就是尘世的过客，还计较些什么呢？熙熙攘攘，名来利往，有什么用呢？

这个诗人相较于《古诗十九首》的其他诗人，看起来很清醒，别人总是在埋怨时运不济、世道不公、报国无门，却对自己以及自己的人生没有清醒的认识。可这个人有，这首诗有。他说，“荣名以为宝”，他认为既然万事都会随风归去，不如留些美名让人们怀念，也就不虚此生了。

不得不说，这首诗的清醒，托出了相对高尚的人生哲学。对于东汉那个环境来讲，比那些“不如饮美酒，被服纨与素”“愚者爱惜费，但为后世嗤”的人，是高出了许多，几乎是洁身自好的表白了。

由这个洁身自好，而想到后来的竹林七贤，他们在乱世想保持自己的清醒，是不是从这首诗中吸取的营养呢？史料没有记载，但我觉得，影响还是有的。

身处乱世，想保持洁身自好也是很艰难的。对于自幼接受儒学熏陶的人，经邦济世是不可能了，洁身自好也是退而求其次，就这样，也得在经济条件宽裕的情况下才能做到，不然，也就只能委身事人，求得温饱，怎奢谈洁身自好。

这里的荣名应该是美名和清名的意思。既然虚名都会“奄忽随物化”，那么，清名、浊名就都是一样的了，又何必强求？即使是清名，也与此身无关的，自己已不在世上，又怎知后世如何评价？若去强求清名，而且是“荣名以为宝”，就是陷入“我执”了，执着于一件事，就有了另一种不快乐，终究，世事是不以个人意志为转移的。什么是清名呢？无所作为，不伤天害理，安然度过一生，是清名吗？不，不会，历史中不会留下一个字，人们也无从怀念起。做个清官，或者用钱财造福乡梓吗？还有可能让后人记起。可是，这样的清名，容易吗？纵观中华历史几千年，有几个人留下了纯粹的清名？凤毛麟角！那么，把“荣名以为宝”当作目标，不就是虚假的梦想了吗？

不过，这样的哲理思索，如果能让人回归到心安、正直、达观、去伪存真的境地，也还是可以的，毕竟，每一样文化都有自己的时代局限性，《古诗十九首》也不例外。

人，终归是向死而生的，死，才是唯一归宿。这一生不过像是在尘世寄宿了一段时间，那么，是不是可以不去想名、利、权、钱这些事情？以免把自己弄得像雾里看花一样，看不清事物的本质，追名逐利，忘记了赤条条来到这世上，赤条条去，一样都带不走。

人生太短，乡关何处？

我们自然而然地回归情感本身，享受这世间的情感，对事、对物、对人、对时间的所有情感，“东风摇百草”是好的，“衔泥巢君屋”是好的，“今日良宴会”是好的，为自己当为，做自己当做，毁誉无动于衷，荣辱在所不计，身心便是妥帖。只要认准自己的情感归宿，即使是洁身不够自好也没什么。“心安处自是故乡，在有限的生命内，发现和领略无目的性的永恒本体”（李泽厚语），是大智慧，而不应该去计较死后的“荣名”。

今日良宴会

今日良宴会，欢乐难具陈。
弹筝奋逸响，新声妙入神。
令德唱高言，识曲听其真。
齐心同所愿，含意俱未申。
人生寄一世，奄忽若飙尘。
何不策高足，先据要路津。
无为守穷贱，坎坷长苦辛。
——《古诗十九首》之四

这应该是一个规格很高的宴会。

“今日良宴会”，说明诗人在宴会之后的心境还不错，这个宴会应该是宾主尽欢的，因为“欢乐难具陈”嘛。

中国人从古至今都有饭局文化，许多问题都会在饭局，也就是宴会上解决。首先解决了肚子问题，然后那些生意啊、政治啊、经济啊的问题也就随之迎刃而解。推杯换盏中，就从生人变成熟人，互有三分情面，言语点到即可，设宴的、赴宴的，都十分明白酒席背后的情状以及游戏规则，宴会后自然一切都有解决之道。

古人比今人要纯粹，今人更功利一些。古时的宴会除了著名的鸿门宴那样的政治局外，一般都是三五知己邀在一起，谈谈风月、吟吟诗词、论论形势，曲水流觞，醉后高卧，那一刻，能忘记一切忧烦，抵达心灵彼岸。

今日的宴会上有古筝，弹筝的人不知是谁，姑且当作是主人家的歌姬吧，因为那个时候，有地位有身份的人都会蓄养家姬，有装点门面、也有陶冶情操的功能。弹筝人很有才艺，以至于我们在读诗的时候，都能听见古乐流淌，弹的是刚学会的曲子，或者就是在座的人刚填写的曲谱，筝音叮咚，清脆而有力，有妙音流转，宴会上的人都听得痴了。

参加这场宴会的人一定不少，有歌姬献艺，且宴会后能写出这样的诗，足见这是一群志同道合的人聚在了一起，吃酒高谈，醉生梦死，还妄论时势。

在座的人有音乐专家，听了曲子，还给大家一一讲解，讲古筝的来历，这是从秦朝时兴起的乐器，属弦乐的一种，这个曲子，有曲牌，而且今日所弹之曲，还有类似“高山流水”这样的寓意。讲的人声音很高，所谈的内容还有高度，听的人深以为然。

但是，写诗的人却在暗暗地想，虽然这位懂音乐的高人讲了乐理乐史，但还有另一层意思，大家都明白，却没讲出来。不过，写诗的人也只是想了想，并未在宴会上讲。他想说而未说，大家又都知道的话，大致是下面这个意思：

人生就像在这个世界上寄宿一样，转眼，风吹沙土扬，什么都留不下，那我们就不能死守着贫贱，一辈子都过着辛苦劳累的生活，应该是早点出发，捷足先登，千方百计去占据高官显要的位置。

读完诗句，我有片刻的迷茫。

一个知己在席的宴会，古筝铮铮，酒香浓郁，说至兴味处，欢乐都难以用语言表达，这样的良宴会，不是应该兴尽人醉、无忧无烦的吗？诗末怎么就跳转到“先据要路津”去了呢？多么扫兴。

再回顾《古诗十九首》的其余篇章，也就明白了，这是一群不合时宜的人，一群仕途失意的人，他们聚在一起，并不是归于山水田园，以诗酒度日。他们本就是用音乐麻痹自己，借酒来浇愁，用隔靴搔痒式的高谈阔论化解自己的失意。他们不是在感叹“无为守穷贱”，蓄得起歌姬，置得起美酒，并不是穷人，最起码并不都是穷人。他们也不是在遗憾“何不策高足”，是在讽刺当时的世道，他们未能占据要津而发挥自己的聪明才智，只能话锋一转，用这样的反讽来表达他们无法实现梦想的悲哀。举行这样的宴会，只是求得短时间的快乐以及一刹那的刺激。

这又是何苦来哉！

若我能参加这样的宴会，我必是快乐的。一口一口地品尝着美酒，也可以放浪形骸地喝酒，席地而坐。酒还未能穿肠，古筝已经响起。那古筝弹出的声音是那样的美妙，侧耳细细地听，还有静心的作用，那琴音正在抚摸着心上的伤痛，舒展着心上的激情。琴音浓烈时，我手舞足蹈；琴音低缓时，我随乐悲泣，慢慢地在酒的温暖、乐的抚摸下，让心回归情感本位，这是人生极致的享受，世所难求啊！

宴会的真正作用，懂得的人又有几个？

当然，一群失意的人凑在一起，自然就不会捕捉到这世上还有一种回归本心的宴会了。

世上不如意者，十之八九，何况是求取功名。朝为田舍郎，暮登天子堂，也只是一种追求，而不是必然。社会发展有一定的规律，东汉时，恰是一个帝国制度的践行期，封建制度已经过去，但还有残余，帝国制度刚刚兴起，还很不完善，这自然就冒出了许多社会矛盾，而即将到来的三国两晋南北朝，便是社会制度由幼稚走向成熟的动荡期，这个时候，战争、动乱已不可遏止，粉墨登场并不是好的选择，何况自己并不是叱咤风云的大英雄。当然，这些人也就只合喝上几口小酒，发几句牢骚罢了。若真有才情，学曹操那样，在广袤的大地上纵横驰骋，自然就建功立业了，何苦拘束于一个小世界，还愤愤不平地怨怪世道不公？

其实，许多人和写诗的人一样，像一只井底的青蛙，只看得见井口那一方天，在那一方天地里，怀才不遇，垂头丧气，嬉笑怒骂，却又束手无策。殊不知，外面的天地很大，走出来，到处都是身手施展的机会，只要你眼光独到，瞅准时机，“先据要路津”都是一步之遥的事儿。

只是，你的机遇不到、大环境也不对时，还是得甘于平凡。人生既然“奄忽若飙尘”，不如修一个心平气和、不焦不躁、与山水田园为伴，体察春夏秋冬的寓意，明白日月轮转的奥秘，那也能活出一个智者。

可是世间万千事，修身容易修心难啊。

若我有宴会，必将它置于山水间，“采菊东篱下”，山做杯，水代酒，以百花陪坐，云的飘移转换化作雪、化作雨，水的流淌大江而东去，便是铮铮作响的古乐，纵使只有我自己，也是人间至乐。

也欢迎你来，但不要与政治为友的愚者。

第二辑 独坐幽篁里（元曲之魅）

滴落千年的雨声

清朝焦循在他的《易余籥录》中说："一代有一代之所胜，欲自楚骚以下撰为一集。汉则专取其赋，魏晋六朝至隋，则专录其五言诗，唐则专录其律诗，宋专录其词，元专录其曲。"王国维在他的《宋元戏曲史》中引用过这句话，并说："余谓律诗与词，固莫胜于唐宋，然此二者果为二代文学中最佳之作否，尚属疑问。若元之文学，则固未有尚于其曲者也。"

他们都对元曲的价值和地位做了评述。

唐诗宋词早已浸入中国人的骨子里，就是一个目不识丁的人，也知道"锄禾日当午"。而元曲很少为人所熟识，文学史上有评价，也是后来的事，当然，这与一个人的阅读和品位没有多大关系。

在我的眼里，唐诗、宋词和元曲属于三种女人，唐诗是官宦千金，骨子里透着贵气、大气和诗意；宋词是大家闺秀，举止传递着优雅、从容和妩媚；元曲是小家碧玉，有时深深地藏在山里，俏皮哀伤还带着无奈，隐隐的有风尘的痕迹。

喜欢上它们，竟也遵循着朝代的步履，由盛唐到弱宋，再到乱纷纷的元朝，那是经历过年轻的豪迈，经历过偶尔的闺怨，才到了逝者如斯夫的今天，一环扣一环，缺一不可。

诗是用来吟的，曲是用来唱的，自有其不同。

曲，是歌唱的词，起源很早，战国就有，其句式长短不齐，歌唱起来，曲折荡漾，故称“曲”。我喜欢上的曲，指的是元朝文学的散曲，它是在那个特定的时代在我国北方发展起来的一种口语味较浓厚、游行于民间的雅俗共赏的歌曲。而至今日，那些曲牌还在，曲调已不复存在，但是文字却在几百年的时光中流转下来，让我们可以循着这些文字去想象一些故事还有情绪。

当我埋首于元曲中时，第一个流入我心里的是马致远的［双调·寿阳曲］潇湘夜雨：

渔灯暗，客梦回，一声声滴人心碎。
孤舟五更家万里，是离人几行清泪。

根据元曲的结构，可分为小令和套数两类，此首便是一首小令。这首小令符合元曲的特点，那便是语言精练、声调优美、自然活泼。

我们可以从这二十七个字里，看到马致远一人坐船行走在由江西至湖南的途中，离家万里，独坐孤舟，偏偏在这暗夜里，下起了雨，我们看到的是一幅水墨丹青，体会的是一种心碎的离情。

“一声声滴人心碎”，不由得让人想起唐朝诗人温庭筠温飞卿的一首《更漏子》：

玉炉香，红蜡泪，偏照画堂秋思。眉翠薄，鬓云残，夜长衾枕寒。

梧桐树，三更雨，不道离情正苦。一叶叶，一声声，空阶滴到明。

天净沙·秋思

元 马致远

枯藤老树昏鸦，
小桥流水人家，
古道西风瘦马。
夕阳西下，
断肠人在天涯。

水龙吟·次韵章质夫杨花词

宋 苏轼

似花还似非花，也无人惜从教坠。
抛家傍路，思量却是，无情有思。
萦损柔肠，困酣娇眼，欲开还闭。
梦随风万里，寻郎去处，又还被、
莺呼起。
不恨此花飞尽，恨西园、落红难缀。
晓来雨过，遗踪何在？一池萍碎。
春色三分，二分尘土，一分流水。
细看来，不是杨花，点点是离人泪。

苏轼（1037—1101年），北宋文学家、书画家、美食家。字子瞻，号东坡居士。四川人，葬于颍昌（今河南平顶山郏县）。与欧阳修并称欧苏，为“唐宋八大家”之一；与黄庭坚并称苏黄；与辛弃疾并称苏辛；与黄庭坚、米芾、蔡襄并称宋四家；提倡“士人画”。著有《苏东坡全集》和《东坡乐府》等。

也许马致远这一声声雨正是借了温飞卿的一叶叶雨，三更半夜，万籁俱寂，雨声滴滴可闻，景相近，情相似，极度的清幽也是极度的寂静，似有无尽的苍凉哀怨，那个夜雨滴落的意境有声、有色，还有情。这雨声从唐朝滴落到元朝，又从马致远的心里，一直一直地滴到了今天，滴到了我们的心之深处，多凄凉寂寥的雨声啊。

那离人的几行清泪，也不是马致远首创，它让我想起了宋朝词人苏轼的《水龙吟》：“似花还似非花，也无人惜从教坠……春色三分，二分尘土，一分流水。”

细看来，不是杨花，点点是离人泪。

那滴落了千年的，又何止是雨啊，还有客居他乡的离人泪，那是分别多年的离人泪，那无边的杨花在苏轼眼里都是离人泪，何况独坐离家千里的幽暗孤舟，寂寂的夜，静静的湖面，暗暗的渔灯，滴落了千年的雨声，多扰人的清梦。马致远定是整夜未眠，曲中未说破，那离情也一样地投影到我们的心窝。

这个心碎的离人，给我们似曾相识之感，是的，那首名垂千古的《天净沙·秋思》里就有一个在天涯的断肠人。这个断肠人此日此时入了潇湘，听着这孤舟上的雨声，滴落了千古的离人泪。

这样的元曲，我们品之，似有几分哀几分愁，几分悲几分怨，共鸣极深。

这样的元曲，让我们明白，元人的曲不是随随便便写来的，寥寥数语，便是一幅极妙的山水图，艺术之精湛，达到了非常高超的境界。

千秋繁华一场梦

三国时，孙权于229年称帝，建国吴，世称东吴，定都建业；280年西晋灭吴；317年，司马睿建东晋，定都建康；420年，刘裕废晋恭帝，建刘宋王朝，定都建康；479年，萧道成代宋自立，改国号为齐，定都建康；502年，萧衍称帝，改国号为梁，定都建康；557年，陈霸先代梁自立，建立陈朝，定都建康。

这里的建业、建康都指的是金陵，也就是今日的南京。因着东吴、东晋、宋、齐、梁、陈这一段历史，南京成为六朝古都。

这是一段有意思的历史，每一个朝代都是在前朝的废墟上开出来新生的花，尽管好景不长。

朝代在这里一代又一代地更迭，繁华处，夜夜火树银花、笙歌燕舞，颓圮时，万般浮华都作了土。一页页时光流去，《玉树后庭花》的余音未绝，589年，隋朝的军队已攻至建康，俘虏了陈后主，金粉雕琢的六朝遂成为凋敝的花，宛如冬天的落叶。

再之后，唐又推翻了隋朝，于是有这样的机缘，一个叫作许浑（字用晦）的诗人，有了机会来到六朝古都之地，追抚山河陈迹，俯仰古今兴废。映入他眼帘的，只有层层叠叠的坟茔，荒凉的坟堆上长满了树木，人去楼空，残破的宫殿苍凉地矗立，荒草在山野的风中兀自飘零。那是曾经的三国两晋南北朝啊，此时也不过是繁华逝去，余留青

玉树后庭花

南朝　陈叔宝

丽宇芳林对高阁，新妆艳质本倾城。
映户凝娇乍不进，出帷含态笑相迎。
妖姬脸似花含露，玉树流光照后庭。
花开花落不长久，落红满地归寂中。

陈后主陈叔宝（553—604 年），字元秀，小字黄奴，南北朝时期陈朝最后一位皇帝，582—589 年在位。在位时大建宫室，生活奢侈，不理朝政，日夜与妃嫔、文臣游宴，制作艳词。隋军南下时，自恃长江天险，不以为然。589 年，隋军攻入建康，陈叔宝被俘。后在洛阳病死，葬于洛阳邙山。

山巍峨，诗人许浑感慨万端，提笔写下七律《金陵怀古》：

玉树歌残王气终，景阳兵合戍楼空。
松楸远近千官冢，禾黍高低六代宫。
石燕拂云晴亦雨，江豚吹浪夜还风。
英雄一去豪华尽，惟有青山似洛中。

之后，宋覆去了唐的脚印，元的铁蹄又踏破了宋的清梦，任凭哪一个英雄，他再回不去颠覆的朝纲。

这个时候，落魄文人马致远站在了金陵的地面，他同样看着这断墙衰草，想起了六朝的繁华旧梦，想起了他自己坎坷的仕途，想起了唐诗人许浑，一缕悲音在他的心头一丝丝鸣起，那也许是箜篌奏出来的音韵吧，一声声那样的哀怨，他激动难抑，一声声地叩问，问天问地问苍茫的时空，问那些深埋于地下的亡灵，问那些铮铮于史的英雄：

布衣中，问英雄，王图霸业成何用？

禾黍高低六代宫，楸梧远近千官冢。一场恶梦。

这是一首《［双调·拨不断］》，这是曲牌名，又称《续断弦》。全曲六句，句式为三三七七七四，押六平仄韵。三个七字句常作扇对，末句上三句可省，兼作小令、套曲。

马致远也热衷过功名，有“佐国心、拿云手”的抱负，他自称是“写诗曾献上龙楼”。可是元朝的统治者从 1241 年到 1315 年间近八十年不开科举，断掉了多少汉族文人的政治志向，就是后来逐渐开始任用文人，也不能普遍实行。在这样的大环境下，马致远慢慢变得心灰意懒，一面怀着满腹的牢骚，一面又觉得自己看破了世俗名利。

他这样的心境，怎么能不在金陵的地面上发出悲鸣？

马致远在元曲的文字风格中和白朴、王实甫等人同属于“文采派”，其曲文采华美、辞藻绮丽、轻俊典雅。他借金陵之史，咏出了自己真实的心境，是抱负未曾展开的失意，也是对世俗环境的抗争。后来他沉入元杂剧的创作中，写出了《汉宫秋》《青衫泪》《岳阳楼》等名篇巨目。

王图霸业于历史的长河，不过是白驹过隙，一闪念而已，看破人生荣辱，马致远发出这一声声垂询，一声声慨叹。一切的一切不过是一场噩梦，这一声叹，余音绕梁，凌驾了七百多年的时空，却没有给今人以警醒，世人一叶障目，他们看不到六代宫，看不到千官冢，依然汲汲营营，还在繁华的梦里，纠缠沉沦。

这一场梦，是邯郸梦，《枕中记》载：卢生在邯郸客店中，遇道士吕翁，用其所授瓷枕，睡梦中数十年富贵荣华，及醒店主之黄粱还未熟。马致远说这黄粱梦是噩梦，喻世深警世醒，可是，芸芸世界，梦依然是梦。

话又回到三国时候，227 年诸葛亮计划北伐，上书刘禅，著成名垂千古的《出师表》，他说：臣本布衣，躬耕于南阳，苟全性命于乱世，不求闻达于诸侯。

而我说，这也是谎言，他根本没想在乱世中苟全，也不愿意默默无名，是以，刘备未曾三顾，他已经打好《隆中对》的腹稿，他更愿意闻达于诸侯，出将入相，虽本布衣，却不做布衣想，马致远也如此。

通达如诸葛亮尚且如此，况今之浮躁世界中的众生？当视梦为梦，去做那大江东去浪淘尽的千古风流人物吧。

问英雄，也问布衣，千秋繁华可是梦？

尘世痴梦谁先觉

接着上一篇继续说梦。

每个人都会做梦，身梦心也梦。身梦是身不由己，科学讲，梦是一种意象语言，是一种意识突显；心梦，包含着人生的理想，有时候甚至是人的终极追求，不可小视。

正宫·叨叨令·自叹

元　周文质

筑墙的曾入高宗梦，钓鱼的也应飞熊梦，受贫的是个凄凉梦，做官的是个荣华梦。笑煞人也末哥，笑煞人也末哥，梦中又说人间梦。

筑墙的曾入高宗梦，钓鱼的也应飞熊梦，
受贫的是个凄凉梦，做官的是个荣华梦。
笑煞人也么哥，笑煞人也么哥，梦中又说人间梦。

最初注意这首小令，是由于它的曲牌名《叨叨令》，不由想起朋友所说的唠叨体文学，仔细看，还真有异曲同工之妙，尤其是那句“笑煞人也么哥”，后来才知道，这是叨叨令的固定格式，“××也么哥”，“也么哥”没什么意义，是语气助词，相当于啊哈之类，挺可爱的。

元曲就是这样，大量地使用方言俗语或市语，有民间歌曲的色彩。

有梦是美丽的，人生由此便多了几分向往和希望。

梦也入戏，汤显祖就曾倾一生之力，写出“临安四梦”，它们分别是《牡丹亭》《紫钗记》《南柯记》《邯郸记》。这四梦随昆曲走遍全国，其中的《邯郸记》说的就是此曲中的荣华梦。

卢生醉心于富贵功名，一日，他与吕洞宾同住邯郸县赵州桥西一小店，吕赠其瓷枕度其入梦。梦中的卢生，娶了富家千金，中了状元取得功名，他兴水利守边关，受到皇上器重，位极人臣，老了沉溺宴乐，终至一病不起，到死时，还惦记朝堂位置子孙封荫，叹了一声“人生足矣”仙去。一场历经了数十年的荣华梦醒来之时，店小二煮的黄粱尚未熟透。

商王武丁在即位之前曾经生活在民间，他结识了智者傅说，可是傅说的身份是奴隶，武丁想用之而不能，遂告之王公权臣，说上苍向他托梦，有一个圣人可以辅助他。于是画了画像让人在全国范围内寻找，结果在虞、虢两古国交界处找到一个叫傅说的人，傅说后辅助武丁使商朝中兴。傅说在从政前，发明了版筑之术，以此法筑路堤，效率极高。这就是筑墙的入了高宗梦，商王武丁世称殷高宗。

商朝到纣王统治时，已走向衰亡，周文王姬昌施仁政，诸侯相继依附。他渴望贤才，夜里梦到飞熊入了他的账，大臣散宜生占卜说，将有贤臣辅助，于是文王到处寻访。姜尚深感商王朝已不是他的报国之地，来到了渭水之滨，日日垂钓，他的钓钩不放鱼饵，而且是直的，还离水面三尺。周文王来到此地，两人相谈投机，姜尚辅助文王获得天下。这就是曲中所讲：钓鱼的也应飞熊梦。这段故事曾被改编成戏曲《文王访贤》。

不管是版筑梦、飞熊梦，还是荣华梦，都是高官厚禄的梦，都

是王侯将相的梦，都是富贵荣华的梦。

可是，世人皆把高官做，谁来阡陌侍黍禾？

南阳诸葛在草堂中一觉睡醒，大声吟诗：大梦谁先觉，平生我自知。他以为他的《隆中对》已能勘破乱世梦。

大梦谁能先觉呢？你不能，我不能，平常人都不能，除非圣人，可是自炎黄至今，有几个圣人？生在元朝尤其不能。

蒙古人的铁蹄踏遍了欧亚，可是没有文化做支撑，那铁蹄下的沃土最终还是要分崩离析，更何况蒙古统治者把人分成了四等，汉人只位列第三，民族压迫、种族歧视是汉人难以逾越的屏障。从现代人的眼光来看，元朝诞生了元曲，文化是发展的，可是生在当时，文人，尤其是汉族文人就断送了仕途梦，不管是版筑梦，还是飞熊梦，都不可得。

这对于千年来“学而优则仕”的人来说，甚至是会版筑、会钓鱼，有可能出将入相的人来说，儒家积淀在这里统统化为零。

关于周文质，史书中鲜有记载，《录鬼簿》这样说他：

> 体貌清癯，学问渊博，资性工巧，文笔新奇。家世儒业，俯就路吏。善丹青，能歌舞，明曲调，谐音律。

仅寥寥数言，看起来，他天生适合作曲。他的名声终不如关汉卿、马致远等人响亮，他的生平我们也无从得知，但元朝时文人不得意是相同的，所以他才能写出这样的《［正宫·叨叨令］自叹》，末一句“梦中又说人间梦”，煞是凄凉，身在这凄凉梦中，还是断不掉对人间梦的向往，多么的可怜、可悲又无可奈何！

生在当今，也不见得就不会自叹，版筑、飞熊有可能梦圆，而学而优却未必则仕。

返回来又说，即便梦圆，高官得做，不为民谋，又有何益？

乱世、盛世一个道理，高官厚禄、富贵荣华都是浮云，转眼即逝，当孑孑然离世，还是孤身一人，一切不过是黄粱一枕。

不如，学范仲淹说一句“先天下之忧而忧，后天下之乐而乐”，也算做了一个好梦。

那么，大梦谁先觉呢？我想应该是能审时度势、淡泊名利的智者。

憔悴煞半江明月

珠帘秀，你有幸生在大元，又不幸生在大元。

你是这样一个女子，夏庭芝在《青楼集》中这样说："杂剧为当今独步，驾头、花旦、软末泥等，悉造其妙。"你在那个缤纷的年代里，与杂剧共生、共呼吸，虽然官妓的身份，使你蒙尘，但大元的颓废却掩盖不了你的流光溢彩。你美，美得"花含笑，柳含羞"，那云衣霓裳，那莲步轻舞，都是绝代无双。可是那么多的王孙公子，那么多的胡汉男儿，都不知道，在你明艳的表象下，你的心是"时时勤拂拭，莫使染尘埃"。

你生在那个让人喜、让人忧、让人憎的大元，数不清有多少男儿为你倾倒，为你反侧，皆因着你的"柳眉颦秋波水溜，泪滴春衫袖，似桃花带雨胭脂透"，而你谨守着自己的心，想把这样金贵的心留给一个知你、解你之人。

这样"富贵似侯家紫帐，风流如谢府红莲"（关汉卿语）的你，该有怎样的心情才智才能匹配得上你?

任他们绞尽脑汁吟诗作赋，你一样地如一片闲云任卷舒，纵是声色里，总还是有人撞破了你心里的朝云暮雨的，不然，怎会有那样绝版的曲，流落世间，被众人知?

这是一场分别。

一场揪心的离别，也许是生离死别。

山，一直横在那里，似你矗起的眉峰；雾起，帘幕无重数，洁白悠然，直上九霄；一江水，载不动情愁的一江水，自顾自地微微晃动，似你流转的眼波横，那刚升的初阳，投影在你的波心吗？

舟，一叶小舟，画着无限的哀愁，画着离别的轻愁，斜依在江畔，艄翁无言地立在舟头。

山，水，舟，都在等你，满是凄凉意。

而你与你的男人还没有话够，执手相看，无语凝咽，今生今世，可还有相见的时候？

总是要走的，尽管半江萧瑟半江红、半江明月半江愁。

于是你轻解霓裳，独上兰舟。

眼望着你就要远去，念去去，千里烟波，你的男人送上一纸信笺，你展笺，垂眼，泪湿了红颜。

那是一首《［双调·寿阳曲］别珠帘秀》：

才欢悦，早间别，痛煞煞好难割舍。

画船儿载将春去也，空留下半江明月。

你斜倚篷窗，卷帘，你的男人身后是一弯青山，没有清辉，也没有圆满，心中的万语千言，让你不由得喊：艄翁，停停，请你再停一停。

你是这样的怕，怕“风柔，帘垂玉钩。怕双双燕子，两两莺俦，对对时相守”，怕此时此刻的触景生情，如今孤身离去，真不知相思相见知何日啊。

［双调·寿阳曲］答卢疏斋

元 珠帘秀

山无数，烟万缕，憔悴煞玉堂人物。
倚篷窗一身儿活受苦，恨不得随大江东去。

珠帘秀（生卒年不详），字、号、出生地及生平均不详，中国元代早期杂剧女演员，元代后辈艺人尊称她为“朱娘娘”。珠帘秀与元曲作家如关汉卿、胡祗遹、卢挚、冯子振、王涧秋等相互常有词曲赠答。关汉卿曾这样形容她：“富贵似侯家紫帐，风流如谢府红莲。”又有：“十里扬州风物妍，出落着神仙。”晚年流落并终于杭州。

笼翠袖，舒皓腕，你和一首给他，给你的疏斋兄的《［双调·寿阳曲］答卢疏斋》。

心是凄凉的，独倚篷窗便是一身儿活受苦，眼见得对面岸上的人儿，纵然他是翰林院中的玉堂人物，也是难遣的哀愁，憔悴了朱颜。真格是一种相思两处闲愁。

罢，罢，罢，总是要走的，从此后，舟随江波去，两心如水各自流。

卢挚啊，疏斋，你心里念过他不知千遍万遍。珠帘秀，你若知道，你一生只有这一首小令传世，该是欣慰的，还是悲伤的？

所有所有的一切，从出生的那时起，早已命中注定。

这世上多的是自以为知你解你的人，任凭你：

> 愁的是抹回廊暮雨萧萧，恨的是筛曲槛西风剪剪，爱的是透长门夜月娟娟。凌波殿前，碧玲珑掩映湘妃面，没福怎能够得见。

那些与你相携相挽的文人们，却没有改变得了你的命运，你最后嫁与了一个道士，在杭州美丽又凄零的地面上，流落了许久，了结了终生。

你是幸运的，关汉卿、胡祗遹、冯子振等与你相知相惜，卢挚与你相逢相爱。而你又是不幸的，如花红颜，终究不敌乱世的风雨，最终如一片朝云无觅处。

好在，你的爱情给了大元一抹亮色，也给了散曲最美的传承。

诗词曲共话三国

如我能生在过去，我定当铺简研墨，做一个书童，陪陈寿著《三国志》，或者，红袖添香，陪裴松之注解《三国志》也可。

可是，我不会穿越，也只能在千年后的今天，读一点史料，畅想一下三国，如此，而已。

唐时杜甫曾写过三国：

功盖三分国，名成八阵图。
江流石不转，遗恨失吞吴。

杜甫的侧重点在诸葛亮，诸葛的功绩在诗中一览无余，《隆中对》助他三分天下，军事才能以八阵图名列经传，但杜甫也在叹息历史的怅惘：遗恨失吞吴。

念奴娇·赤壁怀古

宋 苏轼

大江东去，浪淘尽，千古风流人物。故垒西边，人道是，三国周郎赤壁。乱石穿空，惊涛拍岸，卷起千堆雪。江山如画，一时多少豪杰。
遥想公瑾当年，小乔初嫁了，雄姿英发。羽扇纶巾，谈笑间，樯橹灰飞烟灭。故国神游，多情应笑我，早生华发。人生如梦，一樽还酹江月。

宋时苏轼也写过三国《念奴娇·赤壁怀古》的名句。

苏轼的侧重点在赤壁之战，蜀吴联手抗曹，那是战略上的伟大胜利。苏轼的眼中是那个“羽扇纶巾”的周瑜周公瑾，谈笑间，好像就可以樯橹（也说强虏）灰飞烟灭，周瑜取得赤壁之战的幕后又有谁呢？少不了黄盖、关羽等等，不管哪一个也少不了英主的正确领导，那真的是一时多少豪杰。

到了元时，也有个叫阿鲁威的人踩着前人的足迹也写了三国：

［双调·蟾宫曲］咏史

问人间谁是英雄？有酾酒临江，横槊曹公。
紫盖黄旗，多应借得，赤壁东风。
更惊起南阳卧龙，便成名八阵图中。
鼎足三分，一分西蜀，一分江东。

读阿鲁威的曲，如临一幅水墨丹青，江边石桌石凳，江水川流不息，曹孟德在江边，持酒而饮，还横着长矛赋诗：青青子衿，悠悠我心。镜头切换，天空中飘来了黄色如紫盖的云彩，东吴孙权以赤壁之战坐稳了江东，刘备三顾茅庐请出了南阳卧龙，以八阵图成名，定鼎了西蜀。在这幅画中，与曹公对峙的，仿佛不是孙权，不是刘备，

阿鲁威（生卒年不详），蒙古族人。字叔重，号东泉。曾任南剑太守、经筵官、参知政事。能诗，尤擅长作散曲，被列为散曲七十大家之一。散见于《阳春白雪》《乐府群珠》等书。曾翻译过《世祖圣训》《资治通鉴》等书。

而是周瑜，而是孔明。山无言，水亦无语，可是，明明白白的，天下已鼎足三分。

阿鲁威的曲，一扫其他元曲的幽怨哀音，一丝豪气顿生，似是在说三国，又似在倾吐胸中块垒。

读至这里，自己也觉心胸渐次开，于是就去查了一下阿鲁威的生平。

阿鲁威字叔重，号东泉，曾做南剑太守、泉州路总管，也曾入朝做经筵官。他曾是翰林侍讲学士，为泰定帝讲说《世祖圣训》《资治通鉴》。

怪不得，他会有如此之曲生出，重点是，他是蒙古人，元时第一等人，所以才可以有如此抱负，借三国之事，诉自己经纬之志。

杜甫诗雄壮，苏轼词高阔，而阿鲁威的曲既沉郁也奔放，当然，是可以拨弦而歌的。

此曲的曲牌名为《［双调·蟾宫曲］》，蟾宫是月宫的别称，传说为一只有灵气的蟾蜍幻化而成，清寒之月宫能做曲牌名，多美的事情。阿鲁威的蟾宫曲还符合《太和正音谱》所评价他的“如鹤唳青霄”。鹤唳是什么样的声音，我不得而知，也许鸣叫起来，还是旷远怡神的。

问天下，谁是英雄？在他们的眼中，曹操、周瑜、诸葛亮，他们都是，尤其是诸葛亮，几乎集中了所有文化人的智慧。当我年少时，见到评价他的一句话“三顾茅庐六出祁山七擒孟获病死五丈原”，原话记不清了，大概有这么几句，当时就难掩心中的悲痛，为诸葛的功与恨，他鞠躬尽瘁死而后已，堪为当世之英雄。

延伸开来，每个乱世中创下不朽功业的人都是英雄，秦皇汉武、唐宗宋祖、一代天骄，他们都是。英雄又是由时势造就的，在不同的时代，顺应时代潮流，做一点自己想做的事情，都有可能成为英雄。

可是放眼历史的长河，又有哪一个英雄是英雄？他们一代又一代被历史的洪流湮没，一个人只能在一个固定的点上释放出灿烂的光芒，在史书中留下了浓墨重彩的几笔。有人说，真正英雄的是人民，人民的海洋淹没了传说中的丰碑，也载走了所有英雄的沧桑。

所以张艺谋拍《英雄》，我们却不知谁是英雄，始皇？无名？剑客？都是，又都不是。

英雄在每个人的心中，无是也无非。

站在今日的时端，总想窥见历史的全貌，而时间模糊了我们的视线，转移了我们的焦点。

寒衣斑斑征夫泪

姚燧，元朝人，字端甫，号牧庵，河南人。二十四岁从学于著名学者许衡。三十八岁为秦王府文学。历任奉议大夫、大司农丞、太子宾客、太子少傅，累官至翰林学士承旨、知制诰。能文善曲，与卢挚齐名，时称“姚卢”。应该说这个男人当过官，也有才，竟然能体会思夫的女人之深切苦痛，而且在寥寥数语间将这种情绪赋予了音律，于是我们才得以在今日的时光中捧一本元曲，斟一杯清茶，一起体会这委婉悲切的《［越调·凭阑人］寄征衣》：

欲寄君衣君不还，不寄君衣君又寒。
寄与不寄间，妾身千万难。

在顿挫的吟哦间，我们好像看到了征衣的影子，也听到了征衣的故事。

夫，夜深人静，我孤灯独坐，于是想你。你不是自愿离开家，去打仗，去驻守边关，可是没有办法，谁让我们生在这乱世之中。战争，战争，这恼人的战争啊，在我们生活的土地上频频燃起，这被迫离家、妻离子散的又何止是你我。不得已啊，不得已，夫，你已离家万里。

我在灯下时，你在遥远的边疆吗？一年一度冬来到，北风呼呼地刮，雪也纷纷地飘，我在灯下，给你缝一件战袍，风吹得灯火摇摇曳曳，如同我凄零的心声。这个时刻，你远在塞外，我怕你冷，我怕你寒，一针针一线线，铺上去一朵朵棉，那都是我对你的思念，也是高堂、子女对你的殷殷期盼。你那边，朔风一定比家乡的厉害，在那无数个征战的夜里，你肯定是不闻儿哭声，唯闻马蹄声碎、羌笛呜咽。

月亮门外，树影婆娑，似你的脚步声声，你也在想家吧？可是，我们却是问君归期未有期，那李商隐还有个巴山夜雨时，我们却离家万里归无计。我想给你寄去这一件御寒的征衣，又怕你已不在人世，不敢问，不敢想；我如不给你寄去这征衣，又怕你在那玉门关外，风沙阵阵，吹落你一腔的思乡情绪。寄，还是不寄？夫啊，院外的月光沉寂，而妾身却千千万万个难。

夫，你在那刀剑丛中，一定要多长双眼睛，在那军阵中，你只是万千军人千万游子中的一名，可是在家中，你却是顶梁柱，你是我们妻儿老小的全部。夫，你在那两军阵上，一定多长几个心眼，你不闻古人说“死是征人死，功是将军功”？你以及那离家万里的男儿，都是命如蝼蚁，一将功成就要万骨枯，何况，功不成也要万人枯。王侯将相谁来在乎你们的死活？可是为妻我在乎，有多少像我这样的女人思念着我们的男人，凄凉孤单地淌湿了多少的鸳鸯枕巾，那星星点点的都是我们的征夫泪。连范仲淹都说：“浊酒一杯家万里，燕然未勒归无计。羌管悠悠霜满地。人不寐，将军白发征夫泪。”我不是孟姜女，能哭倒万里长城，见着他的范喜良，你如果去了，我又能到哪里找你？高堂明镜悲白发，小儿黄口未长成，为妻我该如何是好？

想到这里，妾身的泪早已湿透了这征衣，我想，还是寄去吧，这斑斑血泪，风会吹干，却不能问君归期！

夜雨寄北

唐 李商隐

君问归期未有期，巴山夜雨涨秋池。
何当共剪西窗烛，却话巴山夜雨时。

寒烟古寺修禅定

黄昏时分，夕阳斜照，一座古寺静静地卧在深山里，澄澈的天空，寂静的山，一缕烟尘从寺中袅袅而出，如同一支如椽之笔在空间里勾出了唯美的线条。前来参佛拜庙的人已散去了，寺庙渐渐归于平静，偶尔还听得三两下木鱼声响，从西方吹来的风，也许是随达摩祖师西来，已经历了百年的岁月，晚钟的梵音固执地敲响，一个僧人默默地坐在蒲团上，双手合十，正在参悟禅宗西来意……

这只应出现在梦里或者画里的情景，却不是梦，也不是画，这是马致远的《［双调·寿阳曲］烟寺晚钟》：

> 寒烟细，古寺清，近黄昏礼佛人静。
> 顺西风晚钟三两声，怎生教老生禅定？

这么美的景致，却在最后浮现一个疑问：“怎生教老生禅定？”

如何不能禅定呢？寺庙静下来了，除了暮鼓晨钟，陪伴在僧人身边的也许就只有鸟鸣深涧中，溪流响叮咚了，况且，那些外界的声响已经响了百年千年，怎么会影响禅定呢？

除非，那是僧人的心不定。

想起禅宗一则公案：六祖慧能大师来到广州法性寺，忽然一阵清风吹进经堂，把佛幡吹得飘舞起来，一个和尚说是风动，一个和尚说是幡动，慧能大师说：“不是风动，不是幡动，仁者心动。”

六祖慧能在禅宗的历史上，有着不一般的地位，他接受五祖的衣钵也耐人寻味，他在这则公案中点破了是“仁者心动”，但凡不能禅定的，是自己的心不知放在了宇宙的何处无法归来。

老僧为何不能禅定，曲中未讲，或许是尘未了，或许是找不定禅意在兀自着急，这个可随西风去想象，没有对错。

可马致远却不是在简单地讲述这个烟寺晚钟，他借老僧的状况抒发自己的情怀。就如同这古寺远离尘世居于深山，人静山空，寒烟缕缕，一片凄清，这凄清的情怀又缘于他不得志的仕途，这位有着非凡抱负的被后人誉为“元曲四大家”的伟大的文人，经历了二十年的漂泊生涯，最后归隐于田园，以衔杯击缶自娱，这也许是他心境的真实写照。

元朝便是这样的，文人不被社会看重，他们的抱负和才气只有在勾栏瓦舍、阡陌乡间才显出丝竹的空音。

但是在不能改变环境的情况下，为什么不能改变心境呢？禅宗讲究随缘，那么，山崩地裂、云雨巫山都随缘不是挺好吗？说穿了，那个老僧为什么不能禅定呢？便是功名利禄心在作怪了。

功名如何？繁华又如何？万般宫阙都做了土，一切不过都是浮云。

元朝的士人们勘不破，现今的士人们也勘不破，那是几千年中国历史捆在士人身上的枷锁，“官本位”的思想已经浸入人们骨髓，人们失去了自我，失去了身为一个本真人的快乐，深陷其中还深以为乐。当你看破了尘缘与浮云的道理，便是一个“柳暗花明”的世界，只是一层迷障罩在人们面前，灯红酒绿，汲汲营营，苟苟且且，抛不得弃不得。

如果，这么聪明的马致远早先不热衷于功名，而是真的去修习禅定，我们今天还看不看得到这些元曲呢？

答案是显而易见的。

这样的凄清，这样的历史，这样的思维都是应该存在的，如同一朵花，缺少花瓣、花蕊、根、茎都是不可的，不然，我们怎可悟得一花一世界，一叶一天堂的禅意呢？

披文握武岳武穆

“折冲御侮曰武，布德执义曰穆，合兹二美以武穆谥公。”这是宋孝宗在岳飞屈死二十年后对岳飞的追谥。在岳飞死后不长的时间里，皇权或者说政治就给了一个说法，貌似对死者的肯定，其实骨子里不过还是政治的需要，是对强权在某方面缺陷的粉饰。

相信有很多人看过《岳飞传》，我十二岁的时候就在晃动的火车车厢里看完了，那时年岁尚小，除了为岳飞之死唏嘘之外，没有太大的思想波动，及至长大也和多数人一样没弄出点动静来。而在几百年前的元朝，却有一个叫作周德清（周邦彦的后代）的人，看了《岳王传》，留下了一首脍炙人口的元曲《［中吕·满庭芳］看岳王传》：

披文握武，建中兴庙宇，载青史图书。
功成却被权臣妒，正落奸谋。
闪杀人望旌节中原士夫，误杀人弃丘陵南渡銮舆。
钱塘路，愁风怨雨，长是洒西湖。

确如曲中说讲，岳飞已经青史留名，并深为广大历朝历代的人民所钟爱，到了什么程度呢？全国好多地方都有岳王庙，皆为敬仰他的忠勇，百姓用不绝的香火来完成对一个远走的灵魂的祭奠，最妙的是，他出现在了《倚天屠龙记》里。

> 张无忌从怀中取出一束薄薄的黄纸，正是原来藏于屠龙刀中的《武穆遗书》，徐达双手接过，不禁又惊又佩，张无忌说道：“‘武林至尊，宝刀屠龙，号令天下，莫敢不从’，这十六字的真义，我今日方知。所谓‘武林至尊’，不在宝刀本身，而在刀中所藏的遗书。以此兵法临敌，定能战必胜，攻必克，最终自是‘号令天下，莫敢不从’了。徐大哥，这部兵书转赠于你，望你克承岳武穆遗志，还我河山，直捣黄龙。”此后徐达果然用兵如神，连败元军，最后统兵北伐，直将蒙古人赶至塞外，威震漠北，建立一代功业。

你看，岳武穆之威灵汤汤然至大明，甚至已经到了身居香港的金庸笔端。如果周德清泉下有知，这金庸让他眼里的岳武穆留下册遗书来推翻了元朝，不知他作何感想。

岳飞确实披文握武，武，他有勇有谋，治军有方，拒金兀术于郾城，大战朱仙镇，收复十余州郡，差点收复中原，金军为他留下千古绝唱：撼山易，撼岳家军难；文，他以一首《满江红》冠绝尘寰。

可是这么一位正值年华的不世出的抗金英雄，却“功成却被权臣妒，正落奸谋”，那样的死契合了他的诗——壮怀激烈。

绍兴十一年（1141 年）的冬天，落叶萧萧尽，飞鸟已雪藏，岳飞被十二道金牌召回京城，关进大理寺中，然后便是刑审、拷打、逼供。岳飞此时正气凛然，他相信自己精忠报国，何罪之有，可他不知道的是，在这风雨欲来的大理寺外，宋金正在议和。即使是严刑拷打，也没有折断岳飞精忠之羽翼，最后秦桧只好以“莫须有”的罪名收场。

满江红·怒发冲冠

宋 岳飞

怒发冲冠，凭栏处、潇潇雨歇。抬望眼，仰天长啸，壮怀激烈。三十功名尘与土，八千里路云和月。莫等闲、白了少年头，空悲切！靖康耻，犹未雪。臣子恨，何时灭！驾长车，踏破贺兰山缺。壮志饥餐胡虏肉，笑谈渴饮匈奴血。待从头、收拾旧山河，朝天阙。

岳飞（1103—1142年），字鹏举，宋相州汤阴（今河南汤阴）人，南宋抗金名将，中国历史上著名军事家、战略家 ，位列南宋中兴四将之一。在宋金议和过程中，岳飞遭受秦桧、张俊等人的诬陷，以“莫须有”的“谋反”罪名，与长子岳云和部将张宪同被杀害。宋孝宗时岳飞冤狱被平反，改葬于西湖畔栖霞岭。追谥武穆，后又追谥忠武，封鄂王。《满江红·怒发冲冠》，是千古传颂的爱国名篇。

在这两个多月时间里，岳飞不知经历了什么样的摧残，不知他经历了多少风雨，心上也不知长出了多少老茧，因为此时，靖康耻犹未雪，他还在想着臣子恨何时灭。狱中不会有人回答他，他就这样带着满腔悲愤，在供状上写下了八个大字“天日昭昭，天日昭昭”，之后就被毒死了。

岳飞的死和我曾写过的文天祥、袁崇焕一样的凄惨，一样的悲壮，让我们今人只有含悲忍泪去读他们，但是，也正是因为他们的千古忠义，才让历史带上了绚丽的色彩，如同一部旧时光的彩色影片。

“闪杀人望旌节中原士夫，误杀人弃丘陵南渡銮舆。”闪杀人是不该杀，误杀人更是不该杀，春秋自有定论。岳飞的死成为南宋覆灭的前奏，赵构在杀掉岳飞的同时，也为他的后人掘好了坟墓。

可是，岳飞的死全在于秦桧吗？我看也不尽然，我认为还有他自己的因素。其一，是岳飞的性格。岳飞清廉刚正，功勋卓著，却在政治上不知变通，不知伴虎易伴君难的道理，如果他熟悉的不是兵书而是史书，他就应该学习春秋时的陶朱公或者汉时的陈平，那么历史将会改写。其二，是岳飞的愚忠思想。明知十二道金牌宣召，必是奸臣构陷，毅然选择了对皇权及皇帝的忠诚，不是愚忠是什么，糊不上墙的烂泥，保他何用？其三，是岳飞高估了宋高宗的智慧。就算是赵构南逃保全了皇脉的传承是对的，他在强敌面前一味议和也错了，对于要吃羊的狼，你和它议和是没有希望的。这个行将枯朽的宋王朝的统治者悲剧地拥有了忠奸不分的气质，懦弱地想偏安一隅，对于岳飞来讲，你不是对他有过高的希望吗？

岳飞之死是历史之必然，尽管他是许多人心上的痛，是一根让许多人如骨鲠在喉。

这首曲子，最后的落脚点放在了西湖。西湖上吹的是愁风，掉落的是怨雨，走在钱塘路上，历史的泪点点洒向西湖。朦胧的世界，伤感的青山，愁惨的孤帆，心酸的西湖映出岳王墓的孤单，松柏飘摇，吹过了一缕缕历史的尘烟。一切都恍惚如梦。而我仿佛触摸到了岳飞的孤独。“昨夜寒蛩不仕鸣。 惊回丁里梦，已三更。 起来独自绕阶行。人悄悄，帘外月胧明。　　白首为功名，旧山松竹老，阻归程。 欲将心事付瑶琴。”那是一个灵魂的孤独，以致发出一声震耳的聩响：“知音少，弦断有谁听？”他忧的是靖康耻，他怀的是臣子恨，他悲的是旧山河，没有人能走近他，走近他的心之深处，即使是同为英雄的韩世忠也不能，在那个时代，没有其他人能，

小重山·昨夜寒蛩不住鸣

宋　岳飞

昨夜寒蛩不住鸣。惊回千里梦，已三更。起来独自绕阶行。人悄悄，帘外月胧明。
白首为功名。旧山松竹老，阻归程。欲将心事付瑶琴。知音少，弦断有谁听？

他只好坚守自己的孤独。而我们毫无办法，注定只是历史的看客。

这么深邈的曲子，让人的心潮湿亦柔软，望望窗外，此刻天空的阴霾，是我的伤怀，还是他的悲哀？

千秋闺怨何处是

闺怨，一个听起来就让人愁肠百结的词。

闺怨，专属于女人的一种情绪，男人就没有这种情绪吗？有的，只是男人把这种情绪藏于女人的旗帜下，并让它随着文人骚客的墨韵在尘世中流转，流转了百年，直至千年。

闺怨是从何而始的，不得而知。情绪是随人而生的，不知的是何时以闺怨开始命名。闺怨中的女人不是少女，便是少妇。唐人多有闺怨曲，比如李白、白居易、王昌龄等等，他们的那些诗一度打动了女人们的心，如：李白的《春思》。那时的闺怨诗多是为军烈属写的，辞典对闺怨的解释也是：具体来说，就是丈夫常年出征在外，留守在家中的妻子那种寂寞难耐的思念之情。

春思

唐 李白

燕草如碧丝，秦桑低绿枝。
当君怀归日，是妾断肠时。
春风不相识，何事入罗帏。

我在读元曲的时候，发现了一曲闺怨，是徐再思写的《[中吕·喜春来]闺怨》（这个曲牌名听起来有点喜庆，却是诉说悲伤的）：

妾身悔作商人妇，妾命当逢薄幸夫。
别时只说到东吴，三载余，却得广州书。

赠刘采春

唐 元稹

新妆巧样画双蛾，
漫裹常州透额罗。
正面偷匀光滑笏，
缓行轻踏破纹波。
言辞雅措风流足，
举止低回秀媚多。
更有恼人肠断处，
选诗能唱望夫歌。

元稹（779—831 年），字微之。中唐洛阳（今河南洛阳）人。生于长安（今陕西西安），唐代诗人，文学与白居易齐名，世称“元白”，是新乐府运动的领袖人物。作品有《莺莺传》和《元氏长庆集》。

啰唝曲六首

唐 刘采春

不喜秦淮水，生憎江上船。载儿夫婿去，经岁又经年。
借问东园柳，枯来得几年。自无枝叶分，莫恐太阳偏。
莫作商人妇，金钗当卜钱。朝朝江口望，错认几人船。
那年离别日，只道住桐庐。桐庐人不见，今得广州书。
昨日胜今日，今年老去年。黄河清有日，白发黑无缘。
昨日北风寒，牵船浦里安。潮来打缆断，摇橹始知难。

刘采春，生卒年不详。淮甸（今江苏淮安、淮阴一带）人，一作越州（今浙江绍兴）人，是伶工周季崇的妻子。她是唐代最著名的四大女诗人之一（薛涛、李冶、刘采春、鱼玄机），擅歌，也是当时很有影响的一名女艺人。

从军人妇的闺怨何时转到商人妇的闺怨，我说不清楚，但熟读唐诗宋词的人都知道著名的《琵琶行》，那位被贬谪的江州司马，“闻舟中夜弹琵琶者，听其音，铮铮然有京都声。……曲罢悯然……感斯人言，是夕始觉有迁谪意。”为君翻作的琵琶行中有一句千古名句：“门前冷落鞍马稀，老大嫁作商人妇。商人重利轻别离，前月浮梁买茶去。”那个座下泣最多的白居易，慧语箴言，点透了商人的本性，竟然是今古皆同。而哪一个商人又是不薄幸的呢？商人的经历又助长了他们喜新厌旧的秉性，这个千古名句，化作这首元曲的第一句。

而后两句却来自于一个女人，一个让人喜欢的女人，她出生于中唐时期，名叫刘采春，是江南女艺人，善唱唐朝时的流行歌曲，也会演参军戏，从元稹写给她的诗“言辞雅措风流足，举止低回秀媚多”可以看出她是个美丽的女人。《全唐诗》收录了她的六首《啰唝曲》，其中有这样一首：“那年离别日，只道住桐庐。桐庐人不见，今得广州书。”刘采春的容貌及歌声，把这种闺怨发挥到了极致。史传“采春一唱是曲，闺妇、行人莫不涟泣”。

一首元曲，用典有二，皆是出于史而青于史的故事，也是让女人泣下最多的情绪。

我也极喜欢“闺怨”，给我留下了深刻印象的是陈阿娇的闺怨，她千金礼聘相如的《长门赋》，绝望的长夜，千种忧伤都付与空堂。抱瑶琴想弹出别的曲调，这哀思难遣地久天长。宫女闻声垂泪，泣声织成一片凄凉。举衣袖遮住满脸的泪珠，万分懊悔昔日的张狂。这样一个美丽的女子，曾让那个英明神武的刘彻要金屋贮之的女子，最后也是守着长门宫的黯淡日月，消耗了她所有的时光与容颜，也消磨了她的意志与斗志。这是属于帝王的闺怨，决绝、悲惨，但还有几抹亮色。

而属于商人妇的琵琶女之闺怨，同样的悲凉，却有几抹恨色，那是一种无可奈何，其间充满了对人性的鞭挞。

我同情着这些女子，也悲悯着这些情绪，却独独地看不起这些商人，“利”只是一把与名同利的双刃剑，它给了你物质的丰满，却同时增添了人性的贫瘠。贫穷与富有不是金银的多寡，而应是心灵的善恶美丑。

而让我觉得不可思议的是，现今诸多女人，为了浅淡且暂时的金钱与价值，出卖了自己的肉体或者灵魂，让自己栖息于商人的怀抱及商人筑起的金丝笼。金屋又如何？阿娇不是赔上了自己的位置与青春吗？花钱如流水又如何？终会有穷尽的一刻。当你出卖了你自己的时候，你在商人的心里已经等同于一件商品，不过是一件会说话的物体。社会繁杂，靠自己的劳动也能换取生活物质，又何必卖了尊严呢？阿娇也好，琵琶女也好，刘采春也好，已经把闺怨诉说得淋漓尽致了，给了女人应有的警示，可还有许多女人看见商人便要飞蛾扑火，莫之奈何？

但愿这些闺怨也是唱给商人的，可以重利但不要轻别离，色是尘世一幻觉，当繁华褪尽，都是断井颓垣，珍惜自己眼前的、心里的，那是自己的福德。

这才是：千秋闺怨何处是，广州书里使人愁。

辛苦最怜天上月

月，在世界的每一处都看得见月的身影，暮升朝落，亿万年一个轮回，清冷亦皎洁。

在别人的城市守着绵绵的雨意，守候云开也未必能见到月明，街上流浪的人那么多，不知有几个可以停下来，仰起头望望今夕的明月，低低头看看地上如霜的月光，体会体会月圆月缺，也摩挲一下悲欢离合。

我在月光下，举杯邀明月，对影成三人，书上的字影影绰绰，隔书花影已动，是故人来吗？我歌月徘徊，我舞月零乱，今日证得李白的境地，似是无上的清凉如泄。

窗外有丝竹之声，恍如一曲《［正宫·塞鸿秋］》。

“爱他时似爱初生月”。初生月是什么月？是海的尽头，用潮水托起的那一轮刚荡涤尽尘世污垢与幻想的月，有诗为证：春江潮水连海平，海上明月共潮生。想必那唐时的张若虚曾经在海边听着潮声，守候过月明，那一轮明月多么皎洁啊，仿如我们每个人心底的爱情。仓央嘉措想起他的玛吉阿米，写出了情诗：在那东山顶上，升起了白白的月亮，美丽姑娘的面容，浮现在我的心上。这一轮明月就栖息于我们的心底，游走于故人的城市或者在城市游走的故人，你们在晾晒如潮心事的时候，发现这枚明月吗？

春江花月夜

唐 张若虚

春江潮水连海平，海上明月共潮生。
滟滟随波千万里，何处春江无月明！
江流宛转绕芳甸，月照花林皆似霰。
空里流霜不觉飞，汀上白沙看不见。
江天一色无纤尘，皎皎空中孤月轮。
江畔何人初见月？江月何年初照人？
人生代代无穷已，江月年年只相似；
不知江月待何人，但见长江送流水。
白云一片去悠悠，青枫浦上不胜愁。
谁家今夜扁舟子？何处相思明月楼？
可怜楼上月徘徊，应照离人妆镜台。
玉户帘中卷不去，捣衣砧上拂还来。
此时相望不相闻，愿逐月华流照君。
鸿雁长飞光不度，鱼龙潜跃水成文。
昨夜闲潭梦落花，可怜春半不还家。
江水流春去欲尽，江潭落月复西斜。
斜月沉沉藏海雾，碣石潇湘无限路。
不知乘月几人归，落月摇情满江树。

“喜他时似喜看梅梢月”。我与他终于可以在一起，也曾经有过海誓山盟的虚幻，也曾经有过海枯石烂的谎言，不管结局走向何处，那时的我是喜悦的，喜悦的心总似小鹿在撞，也似喜鹊展翅欲飞。看着远处梅树之梢踱出的明月，心上开满了烟花，手抚上他青春的眉梢，仿佛他的眼角也托生出一轮明月，绚烂也皎洁。

“想他时道几首西江月”。有聚就有别，世间事总是如此，他不在的日子里，红猊渐冷暗香尽，一种相思一处愁，从眉头到心头，又从心头到眉头，手捧起《西江月》，声与苏轼共振，“酒贱常愁客少，月明多被云妨。中秋谁与共孤光。把盏凄然北望”。每一个字的听众都是月光，迷离又惆怅的月光，那吴刚伐树的声音也缓了下来，藏起些心事吧？

“盼他时似盼辰钩月”。天终于要亮了，也许明天便可以见到他，夜凉似水，披衣倚窗，露珠还在与小草舞蹈，那如钩的残月就那样单单地挂在天边，淡淡的，似要滴出水来，梳妆得当，移步入园，坐在假山旁的石凳上。正是东方未明之际，院外的柳与墙内的梅互送相思意，而我只想与这辰钩月诉诉心事，辰钩月啊辰钩月，你何时圆，你何时缺，圆时也如我与他，颠倒了人间情致吗？缺时，便似今日之我，只影孤零，满腹心事吗？肯定是的，从嫦娥独自飞向广寒，便注定了圆缺的轮回，那是留给世间的启示，只是养在深闺人未识。辰钩月，你从东边升起的时候，有他的消息吗？

【正宫·塞鸿秋】爱他时似爱初生月

元　佚名

爱他时似爱初生月，喜他时似喜看梅梢月，想他时道几首西江月，盼他时似盼辰钩月。当初意儿别，今日相抛撇，要相逢似水底捞明月。

西江月

北宋　苏轼

世事一场大梦，人生几度新凉。夜来风叶已鸣廊，看取眉头鬓上。酒贱常愁客少，月明多被云妨。中秋谁与共孤光，把盏凄然北望。

“当初意儿别，今日相抛撇，要相逢似水底捞明月。”文君曾说：只说是三四月，又谁知五六年，九连环从中折断，百思想千系念……古今皆同，一别之后，确是两地相悬啊，竟成永诀。我所有的相思都如水流走，想他盼他时，再不见了萍踪影，分明已是镜中花水中月。今日的水池中央只映照出我相思的红颜，还有穿透时光的泪滴，双手去捧，捧出一掬虚无。相思相见知何日，此时此地难为情。

一曲《塞鸿秋》，万千相思意，当是元时一个女子所作，那女子定是与易安一样，有着“红肥绿瘦”的情怀，用一轮明月去托出爱的纠结，再来读一遍吧：

爱他时似爱初生月，喜他时似喜看梅梢月，
想他时道几首西江月，盼他时似盼辰钩月。
当初意儿别，今日相抛撇，要相逢似水底捞明月。

月儿，千秋月，从不管世间的悲欢离合，世间人却寄托给明月那么多美好的传说还有美丽的心事。纳兰容若曾说过：辛苦最怜天上月，一夕如环，夕夕都成玦。在每一次的轮回中，只有一夕如环哪，那光亮却容纳了所有的思想与情绪。

蝶恋花

清 纳兰容若

辛苦最怜天上月，
一夕如环，夕夕都成玦。
若似月轮终皎洁，
不辞冰雪为卿热。
无奈尘缘容易绝，
燕子依然，软踏帘钩说。
唱罢秋坟愁未歇，
春丛认取双栖蝶。

为官嗟叹《朱履曲》

那的是为官富贵，止不过多吃些筵席，更不呵安插些旧相知。

家庭中添些盖作，囊箧里攒些东西。教好人每看做甚的？

这是元人张养浩所作的《［中吕·朱履曲］》。

让人意味深长的是这样讥讽味深浓的曲是张养浩归隐田园之后所作。

张养浩，字希孟，号云庄，唐朝名相张九龄的弟弟张九皋的第二十三代孙。少年知名，十九岁被荐为东平学正，历官堂邑县尹、监察御史、翰林学士、礼部尚书、参议中书省事。因看到元上层统治集团的黑暗腐败，便以父老归养为由，于英宗至治二年（1322 年）辞官家居，此后屡召不赴。

张养浩居过官，不止做了一年半载，而是半生，从东平学正到礼部尚书，官职也不小，也许正是因为他官居得久，才看透了仕途的各种猫腻，或者是看透了政界黑洞，或许他一直有一颗正直且善良、阔大的心，他才认为为官一方，不过就是多吃了些酒席，安插了些亲朋故旧，家里添了些物件，盖了些房屋，恍似这样优厚的“待遇”是种负担。

官，谁不想？居官，成为一个正常的社会人都该有的愿望。三年清知府，十万雪花银。清朝一个知府，便是如此身价，又有谁傻到不削尖了脑袋去抢去夺去搏呢？哪能像张养浩所说的“教好人每看做甚的”？

当然，居官之人也有官声的好坏，也有官气的正邪，也有修为上的褒贬不一。

也不是说，为官者便是一只把卖花人都扇过桥东的大蝴蝶，还有那样为民所谋的好官，代代皆有。一直很喜欢王维的一句话“所不卖公器，动为苍生谋”。当为了苍生动念，奉献出自己的人去世的时候，总会有百姓们为之十里长亭相送，这样的人，多吃些筵席，多添些盖作，又有何不可？可往往，正直的人还不敛民脂，敛民脂的人还真不为苍生谋。

官场何时不是腐败的、险恶的、钩心斗角的、尔虞我诈的？干吗要等到归隐田园时，才想起原来为官是一场消耗战，不耗官声官气，也耗尽了青春理想还有修为。

献始兴公

唐 王维

宁栖野树林，宁饮涧水流。
不用坐粱肉，崎岖见王侯。
鄙哉匹夫节，布褐将白头。
任智诚则短，守仁固其优。
侧闻大君子，安问党与雠。
所不卖公器，动为苍生谋。
贱子跪自陈：可为帐下不？
感激有公议，曲私非所求。

其实，桃花源虽是陶渊明杜撰，却是可追求的一种境界，刀枪入库、马放南山、解甲归田应该是一个自然人最理想的归宿，日益沉寂了浮躁，修炼了身心，天人合一是最健康的生存状态。但是每个人的价值观不同，社会便是各取所需的合理配置。

当然，儒家学说有出世与入世之说，天人合一是出世了，那不耻周粟的伯夷叔齐恐怕是最早的出世，出世有消极避世的况味，是古时候的隐士情怀，当一个四大皆空的人现世的时候，并不能改造纷乱的世界，这是一种小善。入世最好，做一个简单的社会人，秉持着善念过活，那是一种人生意味，入世为官，不为名不为利，动则为苍生所谋，那才是真正的大写人生，是一种大善。

但，选择不同，无关乎对错。

有好多的人选择了为官的荣贵，就像踏上了一辆战车，只能往前，不能回旋，而山水静默地卧在那里，等他们回头，可是多数人是不会回头的。

或许，作为一个女子，眼界还是窄了点，心胸还是小了些，或许还有人会说，你写这些，不过是因为吃不到筵席，无所谓的，此曲况味，如人饮水，冷暖自知。

有一种得到叫放弃，不是人人可以悟得。

大珠小珠落玉盘

春天。

柳树在轻微的春风中摇摆着柳腰，轻曼的舞姿呈现着柔婉之美，花儿轻俏地开在路边，弥漫出一时的芬芳，回应着柳树的殷勤探看，莺莺燕燕双双对对地飞来，其鸣喈喈，春日的阳光正媚，适合踏青，美丽的女子选择了此时的郊外，在无限的春光映衬下，女子们与春日的花柳一样的娇嫩，一样的风韵。

这是一幅多么美的景色，只可惜拙笔总也描不出景色的万分之一，如果换作是你，当如何描摹呢？

憾的是自己的拙眼、拙手，还有一颗拙心。

元时乔吉也写此情此景，可比我们所能想出的词语美丽、俏皮了许多，这是一首《［越调·天净沙］即事》：

莺莺燕燕春春，花花柳柳真真。

事事风风韵韵，娇娇嫩嫩，停停当当人人。

我们所写耽于景，而乔吉的曲却映出了曲之背后两情相洽的美妙，那个没有出现在景物中的男子便是作曲之人。

这首曲子属元曲俳优体中的叠字体。

俳优体是元散曲之一种，朱权《太和正音谱》所列十五体中，此即其一，朱权解释说：“俳优体，诡喻淫虐，即‘淫词’。”此淫词非当今人们所理解的“淫”。任二北《散曲概论·内容第八》又云：“此谓盖指‘诡喻’而又‘淫虐’者也。”是元曲中一切调笑、讽刺及诸种文字游戏等杂体。就广义而言，又有“短柱体”“独木桥体”“叠韵体”等二十五种。所谓叠字，是指两个相同的字重叠而成一个词，也称“重言词”。叠字大体可分三种：拆字叠、回文叠、双字叠，叠字诗属于双字叠。叠字诗是指诗中的部分句子或全诗各句都用叠字组成。全诗各句都用叠字组成的为叠字诗。叠字诗有主体叠、纯体叠、通体叠三种体制。这首乔吉的《天净沙》属于纯体叠。通篇没有一个单字，奇妙得很。

最初接触到叠字，当然，大家都知道，便是李清照的《声声慢》“寻寻觅觅，冷冷清清，凄凄惨惨戚戚”，这十四个字忧郁沉婉萧然，把易安的身世和心境和盘托出，被张端义的《贵耳集》称为：“公孙大娘舞剑手”。而乔吉的此曲叠字仿易安，可情趣却大相径庭，易安辞“婉、郁”，乔吉曲“欢、俏”，手法技巧达叠字之上乘，可爱之极。

若说此曲可爱，莫若说乔吉可爱，乔吉的曲子《重观瀑布》，我特别喜欢，那是我曾见过的写瀑布的最好的语言，你看：“几千年晒未干。露华凉人怯衣单。似白虹饮涧，玉龙下山，晴雪飞滩。”语言精练，气势如虹。

总算在元曲中觅到了欢快俏皮和轻松，若我穿越回元朝，愿意与乔吉把酒言欢，不然，要早生华发、抑郁终老的。

再读此曲，竟然有“大珠小珠落玉盘”之感，恍似水流叮咚，飞溅而至，是听觉上的参差错落，凹凸有致。知道这句话，当然是白居易的《琵琶行》了，那琵琶铮铮作响时，得有年龄和阅历的增长方可懂得。真正对“大珠小珠落玉盘”有感觉，是在“娇娇嫩嫩”时候，独坐窗前听雨，那时莫名地就有易安的闲愁与哀思，心境却可用蒋捷的《虞美人》掐头取尾来诠释：“少年听雨歌楼上，一任阶前、点滴到天明。”那时真有“大珠小珠落玉盘”的触觉的，也是有“凄凄惨惨戚戚”心境的，而今再有些感悟，却是因了首元曲，倘用琵琶奏出，是否会体会更深呢？可是，读懂了所有词曲，读懂了所有逝去的物事，却觉韶光易逝，红颜老矣。

【双调·水仙子】重观瀑布

元 乔吉

天机织罢月梭闲，石壁高垂雪练寒。

冰丝带雨悬霄汉，几千年晒未干。

露华凉人怯衣单。

似白虹饮涧，玉龙下山，晴雪飞滩。

虞美人·听雨

宋 蒋捷

少年听雨歌楼上。红烛昏罗帐。壮年听雨客舟中。
江阔云低、断雁叫西风。
而今听雨僧庐下。鬓已星星也。悲欢离合总无情。
一任阶前、点滴到天明。

蒋捷（生卒年不详），字胜欲，号竹山，宋末元初阳美（今江苏宜兴）人。先世为宜兴巨族，咸淳十年（1274 年）进士。南宋亡，深怀亡国之痛，隐居不仕，人称“竹山先生”“樱桃进士”，其气节为时人所重。长于词，与周密、王沂孙、张炎并称“宋末四大家”。其词多抒发故国之思、山河之恸、风格多样，而以悲凉清俊、萧寥疏爽为主。尤以造语奇巧之作，在宋季词坛上独标一格，有《竹山词》1 卷，收入毛晋《宋六十名家词》本、《疆村丛书》本；又《竹山词》2 卷，收入涉园景宋元明词续刊本。

即便不用管弦翻奏，反复吟诵也有音律的美感。《文心雕龙》物色篇这样说道：

> 是以《诗》人感物，联类不穷。流边万象之际，沉吟视听之区。写气图貌，既随物以宛转；属采附声，亦与心而徘徊。故“灼灼”状桃花之鲜，“依依”尽杨柳之貌，“杲杲”为出日之容，“喈喈”逐黄鸟之声，“喓喓”学草虫之韵。并以少胜多，情貌无遗矣。

“以少胜多，情貌无遗”已经概括出了叠字体之妙，只是我们只有在读这些线装书的时候，才能一点一滴地知道理论上的高超。

作为一个仅仅欣赏元曲的人来讲，能感觉出“大珠小珠落玉盘”的音韵谐美，也属享受了，不再苛求。

大风起兮云飞扬

刘邦于公元前196年亲征英布得胜还军途中，顺道回了一趟他的故乡沛县，整得有点像臣子们衣锦还乡的味道。回了家，那厮不能免俗地做了一些夸耀的事，把他的亲朋好友全召来，又吃又喝地折腾了十几天。可能是兴之所至吧，心想，谁说帝王不可期？有一天，就一面击筑（已在宋代失传的乐器），一面即兴创作了现代诗《大风歌》：

大风起兮云飞扬，威加海内兮归故乡，安得猛士兮守四方！

创作完，还歌之唱之舞之蹈之，这还不罢休，又假惺惺地哭了半天，好像威加海内兮有多么委屈似的。

刘邦打小就是个混混，不好读书，也不好劳动，估计渔樵耕读他全不爱，属游手好闲型，可他爱交际，做了泗水亭长后，就和县里的官员们混得很熟，一看就知道是个走上层路线的主。他后来的经历倒也证明，会读书不如会混，混能混成帝王，读死了书也不过是个将相。他不爱读书，但他做了皇帝后，却知道读书有用，他说：天下既定，命萧何次律令，韩信申军法，张苍定章程，孙叔通制礼仪，陆贾造《新语》……你看，都是读书人做的事，他在经济上、政治上、军事上、文化上，都做到了知人善任，达到了资源的合理配置。

刘邦还深谙帝王术，功成之时，该干什么，他一清二楚，伪游云梦（湖北的一个小县，估计在汉时风景不错），擒了韩信。韩信这个大笨蛋，自恃功高，还对自己的荣华富贵存了一线希望哩，据说张良给他捎过信，他愣不相信，侥幸着呢。他和张良的结局活脱脱是春秋时期范蠡和文仲的再版，竟然丝毫不差呢，能说历史是在重复吗？当时勾践一朝复国，范蠡便挂印辞官，泛舟五湖之上，做了陶朱公。那文仲也曾收到过范蠡的忠告，说“飞鸟尽，良弓藏”，然文先生不能参透其间机理，长叹一声，悔不能从范蠡之谋，便伏剑而亡。韩信是知道这个典故的，竟然选择了不以为然，笨得步文仲后尘，长叹曰：飞鸟尽，良弓藏；狡兔死，走狗烹；敌国破，谋臣亡！天下已定，我固当烹。正是所谓的自作孽不可活。汉初三杰里，唯张良深谙其中三昧，得了善终。

刘邦自己都说：论运筹帷幄之中，决胜于千里之外，我不如张良；论抚慰百姓供应粮草，我又不如萧何；论领兵百万，决战沙场，百战百胜，我不如韩信；可是，我能做到知人善用，发挥他们的才干，这才是我取胜的重要原因。你看他心里门儿清，这些英雄们，哪一个不是为他所驱使？萧何、韩信、张良、陈平、彭越、英布，全是兢兢业业，为他打下一片锦绣河山，但也都像孙悟空一样，始终没有蹦出如来佛的手掌心。韩信先封楚王，再降为淮阴侯，最终被吕后斩杀在未央宫；萧何被剥夺了相权，差点死在狱中，后来只好保持了政治上的沉默；张良懂得良弓的道理，自己离开了最高决策层；彭越、英布是数一数二的将才，天下既定，焉有武将存的道理？遂被一一诛杀。刘邦用的是他们，杀的也是他们，这就是政治。而后来的宋太祖杯酒释兵权，明太祖几大案都证明了这个道理。

元朝时有个叫薛昂夫[①]的回族人，他写了很多首《朝天曲》，其中写刘邦的一首是这样的：

沛公，大风，也得文章用。
却教猛士叹良弓，多了游云梦。
驾驭英雄，能擒能纵，无人出彀中。
后宫，外宗，险把炎刘并。
……

读读这首小令，起初还真的对刘邦有点好感呢。

当然，杀掉了功臣，事情并不算完结。

刘邦那厮若活着，也不知后悔不后悔娶妻吕雉。吕雉陪刘邦从一个泗水亭长一直做到了布衣皇帝，在这创业的过程中，刘邦几次把吕雉扔给自己的敌人，以至于几度生死，那刘邦倒也能事不关己高高挂起，也正是这一路的苦难以及刘邦的无情，让吕雉逐渐脱离一个少女的纯真，义无反顾地踏入了政治的旋涡，还得说吕雉是幸运的，能活到刘邦飞黄的那一天，很多女人苦难没共完，就翘辫子了。吕雉做了皇后以后，助刘邦斩杀了功臣宿将，那出手真的是如同古龙笔下的小李飞刀，见血就封喉，把那些他们认为对他们的政权或者利益构成威胁的人统统当垃圾清除掉。后来刘邦也抗不过天道，受了箭伤，一命呜呼了，吕后执政，把从刘姓族人那里弄来的东西全部给了吕姓人，

---

① 薛昂夫（1267—1359年），元代散曲家。回族。原名薛超吾，以第一字为姓。先世内迁，居怀孟路（治所在今河南沁阳）。汉姓为马，又字九皋，故亦称马昂夫、马九皋。历官江西省令史，佥典瑞院事、太平路总管、衢州路总管等职。薛昂夫善篆书，有诗名，诗集已佚。诗作存于《皇元风雅后集》《元诗选》等集中。

包括爵位、金钱等，培植了可与刘姓王侯相抗衡的外姓宗族，差一点就把汉朝弄成了吕姓天下。

但天道自是昭昭，公元前 180 年，吕雉也死了，刘姓集团与吕姓宗族发生火并，群雄诛吕，天下归刘。

读到这首小令的最后一句“后宫，外宗，险把炎刘并”，还真的是感到冷峻呢。仿佛看是见薛昂夫站在大风中，背着双手，目光冷冷地注视着长陵的方向，脸上挂着讥诮的笑容，江山还在，不见当年的天子诸侯。

其实，刘邦也好，吕雉也好，江山姓谁又有什么关系？身处历史中，你永远不知道谁是谁的螳螂，谁又是谁的黄雀。良弓也好，云梦也好，都是一段尘封的往事。立于历史的时空链和空间图中，不生不灭，不眠也不休，我们无从复制，却可以参照，把《朝天曲》作为一个坐标，你又居于哪一个象限中呢？

刘邦远去了，薛昂夫也远去了，他们只不过都是上天的一颗棋子，他们的彀，只能盛得下有限的人和事，真正纵横捭阖、游刃有余的是上天。此刻，上天正在闲敲棋子落灯花呢。

一担相思几分利

相思是什么样的？

恐怕没人能说得清楚，相思便是相思，无凭无据，无声无影，只是一种情绪，却又以庞大的容量横亘在许多人的心头。

可偏偏真有人丈量了相思，把相思变成了具体的可以计量的物事。

这个人就是元朝的徐再思（是的，这个名字已经出现过，他写了《闺怨》），他用了《［双调·清江引］》的曲牌，短短的五句，就剖析了相思，也淋漓了相思：

相思有如少债的，每日相催逼。

常挑着一担愁，准不了三分利。这本钱见他时才算得。

在徐再思的素手拨捻下，有了相思，便如同负了债的，就是财务术语中的债务人，这个债务人有多可怜呢？一直记得娄乃鸣导演的一个小品，里面黄宏饰演杨白劳，范伟饰演黄世仁，小品有一句经典台词：杨白劳，你看你把黄世仁给逼的。小品虽滑稽，立意却深刻，债主对于自己的债权可是不吝催逼的，而背负了债务的债务人的惨状是不是如同得了相思病的众生？各人颖悟程度不同，不能一概而论。

许是职业敏感使然，我的关注在这首元曲上放了很久很久，一

直到有了一丝偏爱。

既有相思，如影随形的又怎能没有愁？易安就说：“一种相思两处闲愁，花自飘零水自流。”陆游也为相思泣血顿作《钗头凤》：“东风恶，欢情薄，一怀愁绪，几年离索，错、错、错！”这世上的相思，充盈了太多的悲情。“愁”绪作为相思的附加值，令多少女子魂碎，又令多少男儿愁肠啊。还是易安的珠玑，一语便点透人心：怎一个愁字了得？可是悲苦的愁绪，又能抵得了什么呢？倘若你经营了一段感情，它不及你收获利润的十分之三，不，它不能算作利润，只是“锦瑟无端五十弦”罢了。

早年，技痒，曾用《利润表》演绎过婚姻，结果是，可得净利润：家和孩子，还无须缴纳所得税。也就是说爱情只有步入婚姻，才能回收利润，不然只能是亏损，还有不能持续经营的危险。当然，回收了利润也就不存在相思与哀愁了。

而今，已是不惑，人生感悟良多，再不可能为相思去衣带渐宽终不悔了，也就能置身事外去看待相思，一切不过是一场游戏一场梦罢了。

也许真的可以用《资产负债表》来捋捋相思？

假设我们不可预期地坠入相思（天知道，这情绪早已去了爪哇国），那也是不以人的意志为转移的，这个时候的欢乐情绪已经告罄，可动用的货币资金越来越少，已无法购买我们期望的原材料再去生产感情，可应收账款也不多，别指望对方当真支付你足够

一剪梅

宋 李清照

红藕香残玉簟秋，轻解罗裳，独上兰舟。
云中谁寄锦书来？雁字回时，月满西楼。
花自飘零水自流，一种相思，两处闲愁。
此情无计可消除，才下眉头，却上心头。

锦瑟

唐 李商隐

锦瑟无端五十弦，一弦一柱思华年。
庄生晓梦迷蝴蝶，望帝春心托杜鹃。
沧海月明珠有泪，蓝田日暖玉生烟。
此情可待成追忆，只是当时已惘然。

钗头凤·红酥手

宋　陆游

红酥手，黄縢酒。满城春色宫墙柳。东风恶，欢情薄。一怀愁绪，几年离索。错、错、错！

春如旧，人空瘦。泪痕红浥鲛绡透。桃花落，闲池阁。山盟虽在，锦书难托。莫、莫、莫！

陆游（1125—1210年），字务观，号放翁。越州山阴（今浙江绍兴）人，南宋著名诗人。创作诗歌今存九千多首。著有《剑南诗稿》《渭南文集》《南唐书》《老学庵笔记》等。

的爱情给你，存货也已经不多，只剩下那悲伤的自怨自艾的情绪。固定资产呢，也只剩下了一个“平生不会相思，才会相思，便害相思”的躯壳，总资产是少之又少的。

而负债却很大很大，所要支付的应付账款很大，大得我们觉得自身都不够支付，我们无法控制自己的相思，而为此所要缴纳的税金（由相思而产生的身体衰颓）却一分也不可少。

在财务管理中，资产负债率是有一定限度的，当达到百分百时，也就是资产与负债一样的多时，是临界点，这个时候，我们还可以自由地呼吸，尽管背负着一些相思几分愁，还能正常经营，而当资产负债率达到百分之二百，企业将宣告资不抵债，濒临破产，而我们也同样，只出不进，终归会濒临崩溃的边缘。其实崩溃了也好，那梁山伯与祝英台的爱情就破产了，结果双双化蝶，留给世人永远的回味。

我们该怎么办呢？

这个时候，一别之后两地相悬的那个人来到了我们身边，执手相看，无语凝咽，终了一段相思苦，这个时候的资产负债表就逐渐回归到百分百，我们可以收回本钱了，尽管净利润还是零，总算能持续经营。对于世人来讲，这已经是最好的结局。让资产负债率小于百分百，我们必须相思之后再无相思，也就是迈入婚姻，有了利润。可多数的相思是收不回本钱的呀，只能任相思的情绪在世界的缝隙里孤苦地飘零。现代人很幸运，可追逐自己的花开，而古代的那些女子，多数只能在自己的闺楼上，懒梳妆泪两行，数着枝头柳色，任相思催逼，啃噬了人心，凄凄楚楚地负债经营。

走笔至此，不由得叹服徐再思的妙思，只是不知，徐再思的“思”可是相思的“思”？

悠然天籁相思音

原不想重复一种情绪的，可终究怎么也绕不过这一曲天籁之音。这是一首《［双调·蟾宫曲］春情》，作者徐再思。

平生不会相思，才会相思，便害相思。
身似浮云，心如飞絮，气若游丝。
空一缕余香在此，盼千金游子何之。
症候来时，正是何时？灯半昏时，月半明时。

《坚瓠壬集》将上一首《清江引》与这首《蟾宫曲》并列，称“得相思三昧”。

年少时，喜爱看琼瑶的小说，那些或许是《烟雨濛濛》或许是《一颗红豆》的小书，盛载着少女的清梦和春情。已经记不清是哪一个篇什里有过这样的字眼“平生不会相思，才会相思，便害相思”，当时顿觉一个字一个字地嵌入心坎，当时不明白，琼瑶怎么会有这样夭夭的情思，能写出如许字句，直到今天，才知道这是徐再思美妙的情思，也深刻理解了琼瑶那时候刚逢着平鑫涛，然后就在她的书籍里挥洒她的相思，设想着三人行的可能。

远方的游子啊！

眼儿媚·杨柳丝丝弄轻柔

宋 王雱

杨柳丝丝弄轻柔，烟缕织成愁。
海棠未雨，梨花先雪，一半春休。
而今往事难重省，归梦绕秦楼。
相思只在：丁香枝上，豆蔻梢头。

无题

唐 李商隐

来是空言去绝踪，月斜楼上五更钟。
梦为远别啼难唤，书被催成墨未浓。
蜡照半笼金翡翠，麝熏微度绣芙蓉。
刘郎已恨蓬山远，更隔蓬山一万重。

飒飒东风细雨来，芙蓉塘外有轻雷。
金蟾啮锁烧香入，玉虎牵丝汲井回。
贾氏窥帘韩掾少，宓妃留枕魏王才。
春心莫共花争发，一寸相思一寸灰。

是谁把心里相思，
种成红豆？
待我来碾豆成尘，
看还有相思没有？
是谁把空中明月，
捻得如钩？
待我来抟钩作镜，
看永久团圆能否？

——刘大白

刘大白（1880—1932年），现代著名诗人，文学史家。原名金庆棪，后改姓刘，名靖裔，字大白，别号白屋。浙江绍兴人。他与陈望道、夏丏尊、李次九一起改革国语教育，被称为“四大金刚”。有诗集《旧梦》《邮吻》等，著有《白屋文话》《旧诗新话》《白屋说诗》等谈诗论文的集子。编写的《五十世纪中国历年表》是一部很重要的工具书。

相思词

宋 朱淑贞

相思欲寄从何寄？
画个圈儿替；
话在圈儿外，心在圈儿里。
我密密加圈，你须密密知侬意：
单圈儿是我，双圈儿是你；
整圈儿是团圆，破圈儿是别离。
还有那说不尽的相思，
把一路圈儿圈到底。

你可知我在想你，窗外的月光如泻，是一弯新月如钩，深锁了清秋，清冽冽的清辉如同我绵远的心事，还未到午夜，已是棂罩轻纱夜凉初透，室内的灯火，摇摇曳曳，就像我起起伏伏的思念你的心绪，清霜满天，一灯如豆，却是我思念你的好时候。

真想送你两钱当归，你会不会为它踏上归程？你知道吗？我盼望你成为我的归人，而不是过客。可是，你在哪儿啊？今日灯下的我，满腹相思无从寄，如我是那朱氏淑真，还可以画个圈儿替，单圈儿是我，双圈儿是你，整圈儿是团圆，破圈儿是别离。可我不是，只能在此刻对着这一钩弯月，一对事物双惆怅，无语泪先流。

钗横钿斜云鬓乱，我已理不清自己的思绪，只觉得身子就像天空的浮云，轻轻忽忽没个着落，心似那春天的柳絮无依无靠四处漂泊，那一口兰香之气，恍恍惚惚就像空中飘浮的蛛丝，只怕要雨打风吹去，可你在哪里呀？知道今日的我只留一缕余香在此了吗？

曾经有过的岁月飘然虚度，平生不会相思，只有今日有了这般症候，我才知，我已在相思，已害相思，身如浮萍心飘絮的惨状却无有一语可诉心志。

多凄美的相思呀，也正是这首元曲，让我感觉到了宋词的传承，那逶迤瑰丽的三个“思”，那凄绝冷艳的四个“时”，怎能不令人动容？

古往今来多少人写过相思，李商隐的《无题》“春心莫共花争发，一寸相思一寸灰”，王安石的儿子王雱的《眼儿媚》“相思只在，丁香枝上，豆蔻梢头”，刘大白的“是谁把心里相思，种成红豆，待我来碾豆成尘，看还有相思没有”……这些对相思的叙述，隐隐的都有一些豁达，不似此曲，绵绵密密地言说相思的情状，绝世的冷艳，也绝世的寂寞，宛若苍穹之间悠然飘来天籁之音。

如需弹奏而出，我想当用古筝古笛，并配以喇叭声咽，唯其如此，才能找得见气若游丝的感觉。

若以书画论之，当是一幅泼墨山水，淡淡的，却有润染的视觉效果，或是一幅颜真卿的字，既雄且媚，瘦削挺拔兼而有之。

可是在感情和美元一样贬值的今天，相思都成为一种奢侈，在物欲横流的世界里，这么美这么美的感觉就像黄鹤一样一去不复返了，或许我们得去博物馆去搜索这些情绪。

兀地想起黛玉，荷锄去葬花，试看春残花渐落，便是红颜老死时。一朝春尽红颜老，花落人亡两不知！情与景与此曲有异曲同工之处。

这样的相思虽美，却不想为我所效仿，这样的曲子虽美，于我却是余音萦绕徒惹心伤。凭什么，该让我们空留一缕余香在此？我们必得守住我们的心，不该施放的时候绝不付出一点，那些个不该我们思念的人，不管灯半昏时，还是月半明时，我们绝不去触碰半分。

即使必得有相思，我宁可要李白的《长相思》，多么的豪情万丈，多么的荡气回肠：

长相思，在长安。
络纬秋啼金井阑，微霜凄凄簟色寒。
孤灯不明思欲绝，卷帷望月空长叹。
美人如花隔云端。
上有青冥之长天，下有渌水之波澜。
天长地远魂飞苦，梦魂不到关山难。
长相思，摧心肝！

归去来兮话田园

【双调·蟾宫曲】

元 卢挚

沙三、伴哥来嗏！两腿青泥，只为捞虾。太公庄上，杨柳阴中，磕破西瓜。小二哥昔涎刺塔，碌轴上黰着个琵琶。看荞麦开花，绿豆生芽。无是无非，快活煞庄家。

卢挚（约 1242 — 1314 年），字处道，一字莘老，号疏斋，又号嵩翁，先祖涿郡（今河北涿县）人，后世居河南。初为元世祖侍从，后累官至翰林学士。散曲与姚燧比肩，人称“姚卢”。今有李修生《卢疏斋集辑存》。现存小令一百二十一首。

我是一抹来自于七百年前的游魂，姓卢名挚，字处道，号疏斋，出生于涿郡。

是的，我就是曾经与大都名伶珠帘秀相好的那个卢挚，至今犹能想起那画篷船儿载将着珠帘秀去了，空留下半江明月，我一直以为我与她是七百年前的大元最亮丽的一丝暧昧，足以映亮整个大元的明月。

我曾经居官，中过进士，任过廉访使，做过翰林学士，每当在官场上冷眼斜睇那些拙劣的政治表演，我就深念着我的乡间，没有人知道，我是最爱田园生活的。

不知有多少次，我骑马独行，乡间的那些杨柳参差，柴门边有一只小狗欢快地对我叫着，茅厕边萦绕着莺声燕语，桑柘树垂挂着秋千，秋千上的女孩梳着双鸦髻，她用眼睛看我，而我总会在马上吟诗，多少次沉湎于这样的景色，移不动半分脚步。

我一直记得我在太公庄看到的情景：“沙三、伴哥来嗏，两腿青泥，只为捞虾。太公庄上，杨柳阴中，磕破西瓜。小二哥昔涎剌塔，碌轴上顋着个琵琶。看荞麦开花，绿豆生芽，无是无非，快活煞庄家。”

沙三和伴哥刚刚从河里捞虾回来，腿上都是青泥，他们来到了太公庄上，在杨柳的绿荫下，磕开了一个西瓜；另外一个小二哥，吃不到西瓜，口水直流，躺在碌碡上，就像一只琵琶；周围是一望无垠的原野，荞麦开花了，绿豆发芽了，微风轻送。我不由得发出了一声感叹：快活煞庄家。回家之后，便将此景谱成《［双调·蟾宫曲］》。

那些无忧，那些快乐，那些宁静，那些和谐，那些少年，那些原野，跟随着我，从生到死，又从古到今。

飘荡在高楼林立、行色匆匆的今天，怎么去找我那些记忆里的田野？

田园，古已有之，我们很久很久之前就是农耕民族，我们在芬芳的土地上春播秋收，在柳树下倦眠，在松树下玩耍，本属寻常事情，曾几何时，田园已从司空见惯演变到了覆水难收，还得劳动我们的筋骨去寻寻觅觅。

我知道，田园诗也早已有之。

魏晋时期，世事纷乱，城头变幻大王旗，人命浅薄，朝不保夕，于是那些诗人们，远离了政治旋涡，隐身于山林之间，他们在田间陌头，有了“非必丝与竹，山水有清音”的审美新情趣，找到了寄托和安放灵魂的处所，于是乎诞生了田园诗歌，以陶渊明和谢灵运为标志。从陶元亮先生的《归园田居》里，我们可以窥到一个奔放的灵魂，那么朴素悠闲，仿佛闲庭信步。

归园田居（其一）

东晋　陶渊明

少无适俗韵，性本爱丘山。
误落尘网中，一去三十年。
羁鸟恋旧林，池鱼思故渊。
开荒南野际，守拙归园田。
方宅十余亩，草屋八九间。
榆柳荫后檐，桃李罗堂前。
暧暧远人村，依依墟里烟。
狗吠深巷中，鸡鸣桑树颠。
户庭无尘杂，虚室有余闲。
久在樊笼里，复得返自然。

陶渊明（365—427年），东晋诗人、辞赋家、散文家。一名潜，字元亮，私谥靖节。浔阳柴桑（治今江西九江）人。《归园田居》是陶渊明去职归隐，绝意仕途后的组诗作品，共五首（一本作六首）。他长于诗文辞赋，诗多描绘田园风光及其在农村生活的情景。著有《陶渊明集》。

清平乐·村居

南宋 辛弃疾

茅檐低小，溪上青青草。
醉里吴音相媚好，白发谁家翁媪？
大儿锄豆溪东，中儿正织鸡笼。
最喜小儿亡赖，溪头卧剥莲蓬。

辛弃疾（1140—1207年），南宋词人。字幼安，号稼轩，山东东路济南府历城县（今山东济南）人。南宋豪放派词人、将领，有“词中之龙”之称。与苏轼合称“苏辛”，与李清照并称“济南二安”。一生力主抗金北伐，并提出有关方略，均未被采纳。其词热情洋溢、慷慨激昂，富有爱国感情。有《稼轩长短句》以及今人辑本《辛稼轩诗文钞存》。

大唐盛世，唐诗也繁荣，田园诗逐渐成为一个派别，唐朝每一个诗人都写过田园诗，又以王维、孟浩然为最。在王维的诗里，空山、翠竹、明月、花鸟，都交相辉映，与诗人一起入画，一起入诗，达到了一种空灵。孟浩然的故人具鸡黍，邀我至田家，自然恬淡，却也有淡淡的寂寞，他们代表的不是一个人，而是一派诗风，不能说他们对我是没有影响的。他们是我的前人，我是他们的来者。

我最最喜欢的还是宋朝词人辛弃疾的《清平乐·村居》：“茅檐低小，溪上青青草。醉里吴音相媚好，白发谁家翁媪？大儿锄豆溪东，中儿正织鸡笼。最喜小儿亡赖，溪头卧剥莲蓬。”稼轩心忧时势，总是想披甲执锐，收拾旧山河，可他的精神又多么渴望恬静安谧的生活。可他不知，他生活的朝代积贫积弱，如同建造了一座颤巍巍的大厦，纵有凌云志，焉用他这根独木？他一己之力也挽不回那辆将裂的战车。我看稼轩，总有怜惜意，只因为我所处的元朝，虽然武力征服了半个世界，却不能掩盖文化的贫瘠，我也是满腔热血无处洒，只好在时光的背影里再冷凝成铁，我与他，襟抱深锁，只有空蹉跎岁月，好在有田园给我们慰藉。

几百年来，我一直在寻找田园，眼看着田园的炊烟越来越稀薄，心犹疼，无奈何。

几百年后的今天，时人爱上旅游，闲暇时会驾车出行，名山大川镌刻下了他们的身影，那些政客，那些商家，那些文人墨客，最爱的都是山水，山无言，水亦无语，默默地收拢了他们的足迹，也悄悄地收藏了他们的情绪，他们在山水的怀抱里怡情养性，然后去官海、宦海、商海披甲战斗，可他们不知道，快乐的不是他们，而是那些田家，不会焦虑，不会忧伤，没有负担，没有压力，没有亚健康的身体，过着平凡、平静而又快乐的生活。

由是，我总想拜托那些政客还有农人，请你们一定一定保存下这些山河，保留下这些阡陌，因为，这是千百年前以及千百年后的人们最后的精神家园。

不然的话，该何处而去？

蓑笠下的隐逸者

自古以来，“渔夫”这个意象就一直是文人们的钟爱。

屈原曾写渔夫，不过，他的不是诗，这里暂且放下，留待以后专门来说，但其中有一句话，却不可不提，那便是“举世皆浊我独清，众人皆醉我独醒”，这句话，抽丝剥茧，一言涵盖了所有隐逸者的潜意识。

有一首关于渔夫的诗历来为文人或者文化人所钟爱，那便是柳宗元的《江雪》：千山鸟飞绝，万径人踪灭。孤舟蓑笠翁，独钓寒江雪。它为世人所钟爱，不是没有道理的，“绝、灭、孤、独”几个字，勾画出了遗世独立的况味，好像天地之间真如陈子昂所说，前无古人，后无来者，绝世的孤独也是绝世的寂寞，诗的意境苍茫情调孤寂，作于柳宗元被贬谪永州期间，他期望自己就是那个垂钓的渔翁，在污浊的尘世里能保持自己的理想和气节。

还有唐朝诗人张志和（号玄真子）写过的一首《渔歌子》：“西塞山前白鹭飞，桃花流水鳜鱼肥。青箬笠，绿蓑衣，斜风细雨不须归。”这斜风细雨里的青箬笠和绿蓑衣，自有超脱出世的意味，在玄真子的眼里，陪伴渔夫的还有白鹭、桃花、山、水、雨，仿佛渔夫不再孤独，但值得注意的是，这样有音有画的诗，唯独绝了人声，所之为何呢？再来看看诗的背景，张志和辞官不做，自称烟波钓徒，隐于江湖间，作《渔歌子》的时候，正是他和颜真卿过往之时，他或许是真的愿意隐于蓑笠后。

到了宋朝，苏轼、黄庭坚、徐俯，都曾活化前人诗句，著成《浣溪沙》《鹧鸪天》等辞章，他们的渔夫都是以隐逸者的角色出现的，不管是什么原因，他们好像宁愿绝迹江湖，与自然做伴，袖笼钓丝，悠闲自由。

元朝给文人提供的空间更小，那么他们该怎样去书写渔夫？遍寻元曲，真有这么两首，其一是白朴的《［双调·沉醉东风］渔父》。

白朴是元朝杂剧家，他的《墙头马上》和《梧桐雨》为人们所喜爱，是元曲四大家之一。在白朴的眼里，闲垂钓丝的环境非常之美，美得有色彩有层次，秋天的岸边芦苇已泛黄，白苹漂满了渡口，杨堤上水草依然茂绿，滩头上长满了水蓼，在秋日的辉映下开出淡红色的花朵，江水之上，水汽弥漫，仿佛是烟雾笼罩，江上飞着些白鹭、沙鸥，在白朴的眼里，周围还有三五个同他一样不识字的钓叟，虽然不是刎颈之交，却早已成为忘机友。

这首曲子语言清丽，风格俊逸，为当时的人们所喜爱，若仅言之于此，未免浅了些，忽然，在曲中平地起高墙，出现一句“傲杀人间万户侯”，一言以蔽之，把渔夫从古至今的绝世况味，升腾了出来，犹如武学中的一剑封喉。

其二是白贲的《［正宫·鹦鹉曲］》：

侬家鹦鹉洲边住，是个不识字渔父。
浪花中一叶扁舟，睡煞江南烟雨。
觉来时满眼青山暮，抖擞绿蓑归去。
算从前错怨天公，甚也有安排我处。

[双调·沉醉东风] 渔父

元　白朴

黄芦岸白蘋渡口，绿柳堤红蓼滩头。虽无刎颈交，却有忘机友，点秋江白鹭沙鸥。傲杀人间万户侯，不识字烟波钓叟。

白朴 (1226—约 1306 年)，元代戏曲作家，元曲四大家之一。字太素，号兰谷。初名恒，字仁甫。山西河曲人，客居真定（今河北正定）。作杂剧 16 种，今存《梧桐雨》《墙头马上》《东墙记》三种。其词流传至今 100 余首，多为怀古、闲适、咏物与应酬之作。今存《天籁集》词 2 卷。今人隋树森的《全元散曲》收录其散曲小令 37 首、套曲 4 首。

白贲字无咎，钱塘人，这首曲子写在他尚未入仕之时，白贲说我这个渔夫也不识字，家在鹦鹉洲边住，闲时驾一叶扁舟，漂于浪花之中，江南的水上总是烟雨蒙蒙，而我会在烟雨中睡去，一觉醒来，满眼的青山，抖擞抖擞蓑衣上的雨珠，我径自归去。

这个渔夫竟然不垂钓丝，只在浪花的和鸣中睡去，多么的有个性，言若及此，也不过是个悠闲的渔夫，却不，结尾峰回路转，说出一声意味深长的话，“算从前错怨天公，甚也有安排我处”，似褒却贬地曲折地说出了对现实的不满，于是这个渔夫就很有个性站在了元史中。

这两首元曲中的渔夫依然是以隐逸者的身份出现的，纵观古往今来的这些渔夫，都是身披蓑衣，头戴箬笠，各自以各自的风格立足于历史的深处，仿佛做如此装扮，便如穿着精灵女王的隐身衣，得以脱离世间，隐去是非，从此真的浪迹江湖。

其实它们还是一脉相承的，从屈原到白贲，写渔夫而不是做渔夫，身即便处之于江湖，心忧的却是庙堂，虽自称是不识字的渔夫，却怀着一腔安邦定国的鸿鹄之志。看起来有一线牵连，境界又各自不同，柳宗元被政治抛弃心怀寂寞，张志和愤而辞官宁愿做烟雨钓叟，白朴对自身的处境有深深的悲怜，白贲讽刺味浓，最绝的还是屈子，对渔夫说一句，“宁赴湘流，葬于江鱼之腹中。安能以皓皓之白，而蒙世俗之尘埃乎！”然后真的，投身汨罗江，发出振聋发聩的绝响。

但话又说回来，即使文人都作渔夫词，也不是所有文人都有安邦定国之志，即使是都有凌云志，也未必都有经纬才，而我们远远地看着便可，欣赏着古人的隐逸情志，还是有怡情养性作用的。

唯有饮者留其名

贯云石，原名叫贯小云石海涯，字浮岑，元朝畏兀儿人，号酸斋，1286年出生于元大都西北郊的畏吾村。因父辈托祖荫，在南方担任军政要职，贯云石自幼随母亲住在母亲家族里，接受了浓厚的文学熏陶，这为日后他成为“擅一代之长”（王世贞《曲藻序》）的杰出人物奠定了基础。

贯云石能文善武，二十多岁就承袭父爵，出任两淮万户府达鲁花赤，同时文人的秉性又促使他吟诗填曲、投壶雅歌，这样的人生常使他陷入两种思想的推拉中，一方面，他愿意凭着自己的才能建功立业，一方面又想投身山水林间，多么矛盾的组合啊，这样矛盾冲突的苦闷，终于在1314年促使他做出了将官职让给弟弟的决定。

让爵以后，贯云石找到了人生的快乐，那就是和文友们徜徉于山水之间。浩浩然不知方外日月，也正是在这个时候，他写出了这首《［双调·清江引］》。

任谁读完，也会有快意萌生心胸。

摆脱了名利枷锁，飘然出尘，屹立于青山之下、白云之外，这是何等的快哉！仿佛在苍茫的时空之中，犹能听得贯云石从丹田以及胸口释出的笑声，这笑声有弥勒几许意味，笑，笑这世上争名逐利、蝇营狗苟的迷途智障；笑，笑这红尘之间那些不可一世也将终归一抔

尘土的王侯将相。这让人荡胸生层云的心境，该怎生表达？来，来，来，小山（张可久）咱们邀三五知己，痛饮日月，不分昼夜，即便醉倒，又有何妨？

我仿佛也置身白云之外，看到了贯云石在山林间醉舞的身影，宽袍大袖随他的酒杯腾挪生风，恍如这宇宙只剩下他自己，唯有从人生之河的对岸飘来了清丽的笛声。

对于这无拘无束、纵情山水的不羁形象，真的让人心生快意，怪不得《太和正音谱》会如此评价：如天马脱羁。

贯云石仰慕屈原、李白、陶渊明，希望自己真的不再涉足政治。钱惟善在写给他的挽词中说“月明采石怀李白，日落长沙吊屈原”，阐述了他的立场。想起他对李白的推崇，就想到了李白的《将进酒》。

李白的《将进酒》与贯云石此曲还有点相似之处。李白此诗大约写于天宝十载（751 年），这时，他已经经过了力士脱靴、贵妃磨

【双调·清江引】

元 贯云石

弃微名去来心快哉，一笑白云外。知音三五人，痛饮何妨碍？醉袍袖舞嫌天地窄。

竞功名有如车下坡，惊险谁参破？昨日玉堂臣，今日遭残祸，争如我避风波走在安乐窝。

避风波走入安乐窝，就里乾坤大。醒了醉还醒，卧了重还卧，似这般得清闲的谁似我？

南枝夜来先破蕊，泄漏春消息。偏宜雪月交，不惹蜂蝶戏，有时节暗香来梦里。

冰姿迥然天赋奇，独占阳和地。未曾着子时，先酿调羹味，休教画楼三弄笛。

芳心对人娇欲说，不忍轻轻折。溪桥淡淡烟，茅舍澄澄月，包藏几多春意也。

玉肌素洁香自生，休说精神莹！风来小院时，月华人初静，横窗好看清瘦影。

玉人泣别声渐杳，无语伤怀抱。寂寞武陵源，细雨连芳草，都被他带将春去了。

画堂不如安乐窝，尽了吾侪坐。闲来偃仰歌，醉后弯全卧，

尽教利名人笑我荣枯自天休觊图，且进怀中物。莫言李白仙，休说刘伶墓，酒不到他坟上土。

烧香扫地门半掩，几册闲书卷。识破幻泡身，绝却功名念，高竿上再不看人弄险。

野花满园春昼永，客来相陪奉。草堂书千卷，月下琴三弄，子落得这些儿闲受用。

惜别窗间月娥风韵煞，良夜千金价。一掬可怜情，几句临明话，小书生这歇儿难立马。

玉人泣别声渐哑，久立凉生袜。无处托春心，背立秋千下，被梨花月儿迤逗煞。

湘云楚雨归路杳，总是伤怀抱。江声搅暮涛，树影留残照，兰舟把愁都载了。

若还与他相见时，道个真传示。不是不修书，不是无才思，绕清江卖不得天样纸。

闲来唱会［清江引］，解放愁和闷。富贵在于天，生死由乎命，且开怀与知音谈笑饮。

且天怀与知音谈笑饮，一曲瑶琴弄。弹出许多声，不与时人共，倚帏屏静中心自省。

倚帏屏静中心自省，万事皆前定。穷通各有时，聚散非骄吝，立忠诚步步前程稳。

立忠诚步步前程稳，勉励勤和慎。劝君且耐心，缓缓相随顺，好消息到头端的准。

立春限金木水火土五字冠於每句之首，句各用春字金钗影摇春燕斜，木杪生春叶。

水塘春始波，火候春初热，土牛儿载将春到也。

墨等一系列闹剧，离开长安在各地漫游多年了，这时他接到了好友岑勋和元丹丘的来信，邀他一起登嵩山饮酒，于是他不远千里从燕地跑到颍阳，他们沽酒买醉，放情狂饮，席间，李白赋醉诗：“人生得意须尽欢，莫使金樽空对月。……钟鼓馔玉不足贵，但愿长醉不复醒。古来圣贤皆寂寞，惟有饮者留其名。”哪怕用五花马、千金裘全去换酒，又有何不可？

在酒里，人生都得以舒展，胸中丘壑一泻而尽，又有知音伴在身边，怎能不同销万古愁？

常人饮酒，酒酣耳热之际，也会说出“酒逢知己千杯少”的话，况且是这么冠绝时空的磊落人物，于是乎就有一声感叹，圣贤都是寂寞的，唯有喝酒的人才可以留名呀。我想，那贯云石的醉舞也是包含了此意的。

古人总是用如椽巨笔来描写醉后的情景，我们今人在鉴赏词曲的同时，不知喟不喟得透“弃微名去来心快哉”的道理。

在我，想学白居易，备足了“绿蚁新醅酒，红泥小火炉”，然后去问问刘十九：“晚来天欲雪，能饮一杯无？”

忠义千秋可嘉否

【仙吕·寄生草】感叹

元 查德卿

姜太公贱卖了磻溪岸，韩元帅命博得拜将坛。
美傅说守定岩前版，叹灵辄吃了桑间饭，劝豫让吐出喉中炭。
如今凌烟阁一层一个鬼门关，长安道一步一个连云栈。

起初吸引我目光的是这首元曲一句一典，再去看的时候，发现了查德卿这一声感叹可谓是一步一声空响，几乎是深恶痛绝地回响在元朝的上空。

“磻溪岸”指的是太公吕尚在渭水河磻溪岸边垂钓，终于遇到了周文王，被文王礼贤请出，而后辅佐文王武王两朝灭商兴周，奠定了周王朝的八百年江山。

“拜将坛”指的是汉初三杰韩信，被萧何月下追回，刘邦筑坛拜将，韩信受命，从此决胜于千里之外，进关中灭霸王，建立赫赫战功，可是最终这把良弓还是在飞鸟尽了之后，被吕后彻底埋藏，那未央宫的深处，似乎还留有韩信的悲腔。

“岩前版”指的是傅说曾隐于傅岩（山西平陆）从事版筑工作，后被商王武丁请出，辅助武丁成为中兴明主。

“桑间饭”说的是晋灵公的大夫赵宣子在首阳山打猎，于桑阴中休息时见到了正在挨饿的灵辄，便赐给他饭食，后来晋灵公派灵辄刺杀赵宣子，灵辄为报恩救了赵宣子。

“喉中炭”：豫让是晋国智伯门人，智伯被赵襄子所杀，还把智伯的头盖骨拿来做饮器，豫让立志报仇，刺杀未遂后，将自己身上涂上漆装成癞子，又吞了炭弄坏嗓子，继续刺杀，赵襄子抓住豫让，认为他是义士不忍杀之，就脱袍给豫让，豫让刺袍全了自己的志节。

“凌烟阁”：唐王朝建立后，太宗李世民将二十四个功臣的像画在在凌烟阁上，作为怀念。从此凌烟阁成为功名的图腾。

“连云栈”在褒斜谷（陕西褒城北），因为长安为几朝国都，被喻为仕途，此句是说仕途中步步都是连云栈，步步是险恶。

一句一典说得凌厉，听着惊心。

查德卿用词太狠，这些历史上叱咤风云的人物和事迹，在他眼里皆为不合时宜，能读出他的心里充满了悲愤，颇似一声声从天空倾泻而下的控诉。

再看此曲，姜太公与韩元帅两句，犹如两座山峰突起，且是壁立千仞，姜太公伐纣成功，韩信忠心辅助刘邦，皆为开国功臣，可查德卿却认为姜太公不该离开磻溪岸，韩信不该拿命去换拜将坛，在他这里，这些都不值得，他批判的是忠君思想。

接下来，查德卿还说傅说就该守定在傅岩做版筑，灵辄就不该吃赵宣子的饭，豫让快点吐出那喉中炭，他非常鄙视这种为统治者效命的行为，与前面两座山峰相比，这三句犹如瀑布从山间轰然垂下。

最后两句点题，他认为前往凌烟阁的路上都是鬼门关，前往长安的道上都是连云栈，既说官场的险恶，也说仕途的黑暗，更有着对封建伦理道德的批判，几乎要颠覆我们多少年建起来的儒家传统。

他批判什么呢？

我们再来看这几个人，姜太公、韩信、傅说都是受君王礼遇，从而出山开创了一时盛世，他们都有着兼济天下的情怀，当然也有着一定的忠君思想。灵辄和豫让是古之义士，为自己的心中之义，用生命去诠释，豫让有一句名言：至于智伯，国士遇我，我故国士报之。成就了他的无双国士，这些精神涵盖了整个中华民族的礼义系统，该是被批判的吗？

当然，元朝是我们历史上一个特殊的朝代，成吉思汗用铁蹄为我们拓下了广域的疆土，然而文化的贫乏却难以让这个朝代永久挺立，短短的几十年，当是生如夏花之绚烂，死如秋叶之寂然。在这样的朝代中，注定了如流星般的官场与仕途，多少文人志士难以建功立业，难以一展襟抱，只好对元朝的现状发出各种不平之鸣，这些元曲就带有了鲜明的时代特征。

问题是，我们怎么看？

德国哲学家雅斯贝斯在《历史的起源与目标》一书中，以公元前 500 年为中心，把从公元前 800 年到公元前 200 年的 600 年间，称作人类“历史的轴心”，认为那是奠定了人性之精神基础的时代，这个时代产生了各种基本思想。这个时代正是我们先秦时期的春秋战国。

这个时代天子失位、诸侯争霸，《战国策》把这段时期称为“兵革不休，诈伪并起”，由于争霸局面的形成，就有了人才的需要，于是就有了一批士阶层的崛起，士是指那些文化素质、政治意识、经济状况略高于普通百姓的人共同构成的一个社会群体，其社会地位近乎于庶民。他们朝为布衣，夕可能成为卿相，《战国策》说他们是“贤人在而天下服，一人用而天下从”。他们用自己的智慧在当时的历史舞台上长袖善舞，给后世留下了宝贵的精神饕餮。由他们而形成的文化与价值观在兵戈长矛的碰撞中争鸣升华回响，以至于左右了我们后世 2000 年的价值取向。这种价值观就是一种以忠义为核心的传统文化。这首曲中的姜尚、傅说、灵辄、豫让都是先秦之人。

忠义在那个时代又是两个不同而又独立的概念。

忠是坚定不移的，忠的前提是诚心尽力，恪尽职守，要忠贞不贰、忠贞不渝、忠于职守、忠心耿耿、忠贯日月；义是指做事适宜，合情合理，要扶危济困、施惠于人，要不畏强暴，是一种品格和情操。

实际上，忠与义又难解难分，有忠心的必有正义，有正义的必有忠心。历史上的许多文人志士都演绎过这种忠义。

戏曲的束之高阁一定程度上与剧目所传达出来的这种愚忠思想有着不可分割的关系，我觉得忠义还是该提倡的，倒不是说要像古之志士那样誓死效忠于一个君王，而应该是忠于我们的国家，忠于我们的民族，忠于我们所生存的这个时代。

人更应该有一种义长存于心，要有大仁大义，义薄云天，用义这个珍珠串起淡薄的人心，为社会增添一种黏合剂。

当初孟子曾对宋国勾践说：古之人，得志，泽加于民，不得志，修身见于世，穷则独善其身，达则兼善天下。圣人所言不虚，我们有能力时自当修身治国平天下，为百姓们创造一方净土，让人民安居乐业，这种大义最应该提倡，能力不足时，独善其身也好，也不失为一种义。

士为知己者死，放在乱世自有其高洁处，放于今世，也该批判着吸收，不然，高山流水就失去了韵味，山野与庙堂、樵夫与官宦再不能凸现可贵。

在我看来，根植于我们民族几千年的民族文化，在现今时代，犹有提倡的必要。

看来，国学的兴起，自有其历史渊源与价值。

云破月来花弄影

北宋词人张先最得意自己的一句：云破月来花弄影。云破、月来、花弄影，多美的意境，多美的情致。如果张先泉下有知，定会责怪于我，因为我将用这一妙句来形容一个特定的事件，或者说是一个为人所向往也可能为人所不齿的场景。

一直很喜欢“幽会”这个词。只此“幽”字，也是很撩人心绪的。

不知道从什么时候，脑海里一直盘桓着一句话：“拂墙花影动，疑是玉人来。”因为喜欢花影动时的玄妙，便把这句话深深地印在了心里，倒还与玉人无关。后来才知，这是元稹《莺莺传》中的一句，崔莺莺托红娘传话与张生：待月西厢下，迎风半户开。拂墙花影动，疑是玉人来，于是便有了千古之《西厢记》。

而元曲中也是有这样场景的。

这就是刘廷信的《［中吕·朝天子］赴约》。

万籁俱寂的夜晚，月儿高高地无辜地悬在夜空中，朗朗的月辉清澹澹地洒在地上，抚摸着所有世上的生灵，书院里的书生悄然安睡，窗棂半掩，书房外有一棵树，月光下落了一窗的婆娑树影，书生虽在安睡，神思却清

［中吕·朝天子］赴约

（元）刘廷信

夜深深静悄，明朗朗月高，小书院无人到。书生今夜且休睡着，有句话儿低低道：半扇儿窗棂，不须轻敲，我来时将花树儿摇。你可记着，便休要忘了，影儿动咱来到。

醒，因为有位玉人曾对他耳提面命，花树影儿摇动，便是我来了，休忘了！

这首元曲虽与元稹间隔了千年的时光，但却奏出了共同的回响，曼妙静美又有奇趣，轻轻地托出了幽会的美妙。

白粉墙、琉璃瓦，静静地伫立，或许是紫薇，或许是木槿，也许干脆就是桃树或杏树，绽出一树的花朵，依在墙边，白天寻常的景致，一到夜晚，在月光的轻拂下，瞬间就暗香浮动、心事旖旎，而最撩人情思的，还是那斑驳的花影，再用纤纤玉手这么轻轻推转，便是世上最催魂的清单。哎，古来芳饵下，谁人不吞钩？！

是树影，还是花影，又有什么区别？花儿结在树上，轻轻摇过之后，便是满地幽思的花瓣，正是有了花与叶的相互牵绊，才描绘出了幽会的迷离与短暂。

唯一不同的是结局。《莺莺传》里，张生还是翻过了粉墙，在花影的婆娑中，完成了人的婆娑，可是莺莺还是被始乱终弃，而刘廷信的《赴约》没有下文，最终这书生与大胆热烈的女子到底会如何，全凭读者做主了。看来，没有结局远比有结局好得多。

至于花影之后的故事会是什么呢？无非是爱情的追求、情思的递嬗，如果非要给它个结果，便不是元曲，而是《金瓶梅》了。

在这淡淡的月光下，似又想起一个人来，他便是南唐后主李煜，他约了自己的妻妹周薇相见，事后还填了一曲艳词《菩萨蛮》：

花明月暗笼轻雾，今宵好向郎边去。刬袜步香阶，手提金缕鞋。

画堂南畔见，一向偎人颤。奴为出来难，教郎恣意怜。

还是这亘古的一轮月，只是暗暗的月轻笼的雾，像是隐喻着南唐的气象，这个被称为小周后的女子，总还是因着道德伦理亲情等等的牵扯，只能“刬袜步香阶，手提金缕鞋”，但这个一江春水向东流的后主李煜，却没有辜负小周后的赴约，他对女人有着曲幽的怜爱，他疼她们，给她们冰肌玉骨，也给她们暗香盈袖，有此一句“奴为出来难，教郎恣意怜”，这场无关乎对错的欢宴，也值了。

有此一句，不管是西厢下的张生，还是元朝书院的书生，也都称得男子汉了，可是，世上之事，即便当初发生的时候，女人是有着同样美妙的情思，到了不同的男人手里，也会给你辗转出不同的，甚至是心碎的结果。

每个人，男人、女人都背负着人生的种种，历史给每个人打下的烙印都不相同，注定是几人欢乐几人愁，只要追求过美好便已足够，张爱玲对胡兰成那样的男人都愿意成为白玫瑰或者红玫瑰，何况现实中的人呢？错失比辜负还让人痛心疾首。

我知道，世上还有人痛恨着这个词，因为这样美好的事物会扎痛他们假道学的神经，那就不是我的事了。

红妆肯为苍生计

［双调·水仙子］怀古

元 张可久

秋风远塞皂雕旗，明月高台金凤杯。红妆肯为苍生计，女妖娆能有几？两娥眉千古光辉：汉和番昭君去，越吞吴西子归。战马空肥。

历史上的女子，有名有姓的有如恒河沙数，有担当、有情义又貌美如花的却寥若晨星，我在时光的背后看见她们，然后就爱上了她们，如同爱着我自己，比如说昭君，比如说西施。

由着宋词，爱上了北宋、南宋，沧桑滤尽时又爱上了北或南这两个字，不知这是不是朱雀与玄武的格局，却喜欢着南雁北归等字眼。当在地图上梳理那些经纬线条时，我看见了一条长长的江，隔开了北与南的时空，不过是一条河的相望，那些开开落落的红颜却在心头与眉头之间频繁转换，北苍凉南寂寥、北雄浑南娇弱、北疏离南缠绵、北豪放南婉约，多么美哪，在这梳理中，又是谁在拨动我的琴弦？

“秋风远塞皂雕旗”。昭君，此刻我在地图上、长江的北边看到了你，一身戎装出塞去。今年夏天，我曾在左云的武州塞边看到你，车辚辚，马萧萧，你就坐在汉宫陪送的马车行辕上，怀抱那一把忧伤的琵琶，素手轻拢慢捻，那长河落日的背景下便响起一首《明妃曲》，那样的忧伤、那样的哀怨、那样的凄清，你的泪滑落在你的香腮边，仿佛走过了前世今生的宿命，始终也不肯落下，大雁也终于忍不住悲伤，掉落在你马前。此刻的边塞，呼啸而来的是凛冽的朔风，你身披着大汉天子送你的嫁妆，雪白的貂裘折射出太阳的白光，身前是匈奴的皂雕旗，身后是流光溢彩的大汉王朝，身前身后，你的琴声里都是时光在穿梭。再往前走一步，你就去往漫漫黄沙的不归路了。犹记得建章宫里，你丰容靓饰，对呼韩邪单于淡淡一笑，已经能倾他的国倾你的城。你入宫数岁不得见御，遂自请掖庭令和番去，这是你选择的路，纵是汉元帝枉杀了毛延寿，也换不回你不可知的宿命。昭君，此刻，你的琴声里全是思乡的愁吗？抑或有落花的无奈、人间的落寞，还有千古的凄清。无人知道，呼韩邪离世，你还不得归汉时，你有多么的痛，延续匈奴的风俗，你又嫁与他的儿子雕陶莫皋，无人知道，你又是怎么克服了你心理的纠结。昭君，你在冰天雪地里，度过了几十年的时光，长安的繁华、秭归的乡愁都出现在你梦里吗？高山峨峨，河水泱泱，都是在为你落泪吗？

当青冢上，青草离离，是在叹息你用生命换回的几十年汉匈和平吗？是在诉说这几十年苍生的幸福康乐吗？很想，到你的青冢去，燃一炷尘世的香，与你在草原外烟霭里，谈起这个冰树结琼花落日照平沙的不老的传说。

“明月高台金凤杯”。西施，此刻，我在地图上、长江的南边看到了你，姑苏台上，几朝旧梦如水，靡靡的歌舞从不曾停歇，而你不过是一身浣纱女的装束，在苎罗山下、浣纱溪边，你洗去尘世的污垢，可是要随范蠡泛舟去吗？西施，你生于越国，又天生的丽质，却不得已成为君王的筹码，你用你的美丽才情智慧，蹉跎掉了夫差的王气，助勾践复国，而千年后的今天，只留下一把勾践剑还在世上讲述曾经的往事，你又哪去了呢？没一个人说得清楚。西施哪，吴国越国都是天下苍生啊，怎么该用你的如花红颜去决定一个国家的取舍，你的红妆只为越国，可是我还是如此地怜惜你啊，不管你的结局有几种传说，我都宁愿你的生命归处有范蠡这样的男人相伴，从此在西湖上荡尽了地老天荒，与政治与人世再无交涉。

西施啊，你的情态，在淡妆浓抹皆相宜的西湖边上，熠熠闪烁，你的眉宇间有着些哀愁吗？你和昭君不同，那不是你的选择。

在历史的长河中，又何止是昭君与西施哪，还有唐蕃古道上日月山下的文成公主，她也用自己的生命谱写过汉藏和睦的佳话。还有那么多并没有为苍生所谋的女子们，也为我所怜惜呀，比如说陈圆圆、苏小小、李香君，还有四大美女中的另外两个，玉环与貂蝉，你们都只不过是一介如花红颜，却背负了这么多的使命还有罪过，那些男人那些君王，在你们的柔弱的肩膀上加诸了这么多关于江山、关于责任的负荷。

“战马空肥”。一个国家的军事储备上，怎么能没有精兵数万，良马千匹，可是，在军事的对垒中，却用弱女子去交换，不知这些战马是不是空肥，能换来百姓们的生命不受践踏，你们是不是也是堪慰的？

隔着几千年的时空，眼望着地图上这关山的月江南的雨，我猜不透你们隐秘的心事，说不出你们貌美如花的外表下，藏着什么样的性灵，这些文字都是我妄自忖度之。如果可以，我愿捧一觞清酒，邀请元时的张可久，与他共吟这首《［双调·水仙子］怀古》。

人生弹指芳菲暮

［中吕·红绣鞋］

元 贯云石

挨着靠着云窗同坐，看着笑着月枕双歌。听着数着愁着怕着早四更过。四更过情未足，情未足夜如梭。天哪！更闰一更儿妨甚么。

我曾经对我心爱的男人说过，爱，是存在博弈的，他双眼一眨一眨泛出不解的光芒，我一笑，未曾解释，这种博弈，只有在得到又失去以后，才能懂得，从这个意义上来讲，我宁愿他一直不懂得。

上天很吝啬，给我们很好的爱总是很少；可上天也公平，在爱的天平上，有多少爱的重量便会有多少伤痛的砝码；上天又很仁慈，因为苦，不再给你很多爱。

在我们的生命中，该遇见的总会遇见，那个人是不是可与我们的旖旎情怀相匹配的良人，我们见到的时候就会知道，如果我们遇到了可以博弈的人，总是欢欣喜悦的，生命的每一分每一秒都长成了春暖花开。

可是世间事，又是如此，刚刚醒悟到好，却已是爱别离，求不得，情自惘然，一切都回不到最初。

在我们又好又少的爱里，心里不由得会埋了一点点的怨。天，我们的纠缠很长很长，为什么韶光却很浅很浅？

在很浅很浅的韶光里，我们拽不住时光的尾翼，只能任时光这条河，从很久以前，流向很久以后。我们无能为力地做别人生命里的看客。时光在穿梭，我们又去怀念“人生若只如初见”，初见时，我们都是睁着无辜的眼望着对方，心的碰触又像荷叶与露珠的轻轻合拢，那么的美，那么美的触觉促使我们很想去拽着韶光，我们只要这一刻的欢愉，请成全我们的爱情吧。

于是，就深深地理解了这一首《［中吕·红绣鞋］》。

云彩一样的窗花被月光轻轻地穿过，落在我们的身上，像是时光的抚摸，枕着月牙似的双枕，我们紧紧地抱在一起，说不完的情话，道不尽的情意，取不尽的温柔，可是窗外的更鼓声却一声一声又一声地催着，一更，二更，三更，眼看着四更又过，可我们才刚刚说到宋玉入了襄王梦，我们的浓情还未到尽处，奈何！！

那么的佩服贯云石的妙思，他向历法去借一个记法，想“更闰一更儿妨甚么”，再多出一更多好啊！可时光、岁月都是无情的，你知道吗？

一更又闰一更，时光似水，无声无息，还是要过，我们留不住夜如梭。

《乐府群珠》里将此曲题为“欢情”，不知确切与否。欢情是短暂的，我们在欢情中，两情相悦，于是韶光便浅了，我们能把握的也就这一刻的愉悦，明白这又好又少的爱已是上天恩赐，足够。

“人生弹指芳菲暮”，人生于整个岁月的长河，也不过是一弹指，佛经中讲，一弹指不过是 7.2 秒，我们几十年也就一弹指，何况掐头去尾，我们可以爱又能爱的时光就更少，不过是刹那，一刹那只有 0.018 秒，何其的少，更何况我们可以欢聚的时光呢，连 0.018 秒都不到，这欢情是不是尤其的珍贵呀。到我们芳菲已暮时，还能想起这 0.018 秒的欢情吗？

说起来容易，把握起来那么的难！

境到繁华处，便是凄凉地，世人不懂得。

爱的博弈到了欢情处，似是爱的极致，却已是残局，从此后，无非是几种结局，或者是彼此的给予与付出，在尘世的纷扰下，最后还是交肩而过；或者是相隔两地说一声相见不如怀念；或者是被始乱终弃；或者是迈向婚姻的牢笼，无论是哪一种都已是覆水难收，销蚀了爱的美丽。

我们女人在欢情处是最动人的，那是身和心的双重奉献，在听着数着愁着怕着四更过的时候，早已把心怀裸露，等于是给了别人一根长矛，来攻击我吧，我没有丝毫防备，只要，以爱的名义。

可是残局过后呢？断井颓垣，一片狼藉，收拾的只有我们自己，常常是望着那残局，身体的角角落落都蓄满了水，仿佛情的闸门一开，就会河水泛滥，于是就把自己变得面目全非。那么我们与其怀念人生如初见，不如不到欢情处，即便到了欢情处，也不交付心，我永远是我自己，我在弹指间留不住很浅的韶光，却留得住自己丰盈的内心。

爱，一旦没了对手，未若早早地撤离，与势不均力不敌的人对弈，是对我们最大的损伤，而我们女人在棋局中又常处于下风，因为一个渴望爱的女人做起来非常的难，摆一个姿势就可能输掉，争夺、观望、诱惑或者等待都是输掉的姿势，莫若从来就没有开始。

张爱玲说：于千万人中遇见你所遇见的人，于千万年中时间无涯的荒野里，没有早一步，也没有晚一步，刚巧赶上了。怎么办呢？如果这是我们命定的劫，那么就与这个和我们相匹配的对手来对弈一局，用爱画出楚河汉界，以智慧、能力、经历、情思做棋子，在天地这个棋盘上，兵来将往，水来土掩，欲擒故纵，再使上几招连环计，也不失为人间妙事啊。

因为，人生弹指间，芳菲已暮。

斯文一脉微如线

【正宫·塞鸿秋】

元 薛昂夫

功名万里忙如燕，斯文一脉微如线，

光阴寸隙流如电，风霜两鬓白如练。

尽道便休官，林下何曾见？至今寂寞彭泽县。

开始读这首元曲的时候并没有什么感觉，后来看了易中天的《先秦诸子百家争鸣》之后，却在突然间想起它来。

薛昂夫说“至今寂寞彭泽县”，他说的彭泽县不是行政规划范畴，而是一个人，是东晋诗人陶渊明，前两天正好看到于丹解读陶渊明，那个绿色的背景再配上于丹娓娓动听的讲述，一个田园派诗人荷锄在田园里、性本爱丘山的形象在脑海里越发地清晰起来，他所处的时代正是东晋动荡时期，他出身寒门，虽有兼济天下的情怀，然而在那个门阀制度盛行的年代，他难以实现自己的抱负，在彭泽县令这个任上，他不愿为五斗米折腰，遂挂官辞印，真正地归隐田园。在于丹的讲述中，陶渊明“既耕亦已种，时还读我书”“欢言酌春酒，摘我园中蔬”的景象，已经成为一幅丹青，让人心驰神往。

薛昂夫说，尽道便休官，林下何曾见？都说不做官了，山林的隐逸处，怎么没有见到一个人呢？只有一个五柳先生依然寂寞。

本曲不著归隐一字，却道出的是“归隐”的主题。

归隐，古既有之。孔夫子在《论语·泰伯》中说：天下有道则见，无道则隐。孔夫子的想法很明白，天下太平，就出来做官，天下不太平，就归隐。接受儒家文化熏陶的人，大多也是这样，有的人终生归隐，有的人不归隐，却郁郁终生，有的人在见与隐之间，来回摆荡。陶渊明也是在做了祭酒、参军、县丞等一系列小官，终难展抱负之后，才选择了归隐的。其实往上追溯，伯夷、叔齐耻食周粟，躲进山里采薇而食，应该就算是一种归隐了。薛昂夫虽然情绪激昂，但所说并不准确，山林中并不寂寞，从孔子著《论语》开始，陪伴彭泽县的人就不在少数，当然，薛昂夫是跨越了时空的，他有所指。

中国历史上，接受了封建社会正统的礼乐制度和文化传统的人，大多是有抱负的，希望在政治舞台上一展才华，不然老夫子会生气的，他说：“邦有道，贫且贱焉，耻也；邦无道，富且贵焉，耻也。”就是说，邦无道，非富即贵，就是耻辱，不如归隐了吧。但事与愿违，并不是每朝每代都邦有道、政治清明、歌舞升平，即使是兴盛的朝代也有昏君，即使是清明之主，也有耳不聪目不明的时候，这时的“士”们就只能选择归隐做隐士。

在礼崩乐坏、诸侯割据的春秋战国，有了归隐这一说，到南北朝，战争频仍时，有一拨话归隐的田园派诗兴起，再到元朝，归隐作为一种时尚，被文人所标榜，所歌咏，这“归隐”在历史上也算传承有序、师出有名了。

问题是，每一次归隐潮流来的时候，都是因为这些“士”们无可奈何，救国无门，志不能伸，不管归不归隐，都以归隐作愤世自嗟之辞。有的人是真归隐，从此学道家们做无为之举，从此山河湖海、江山更易都与我无关；有的人成为假隐士，只是关心政治动向，关注天下命脉，也发微词，假装归隐，易中天称他们为隐士哲学家，这都无可非议，最让人不齿的是，明明身居高位，还要故作清赋，唱归隐的调子，吹归隐的曲子，以示其不俗，这就让薛昂夫是可忍孰不可忍了，于是乎，一步上前，扯下他们的遮羞布，“尽道便休官，林下何曾见？”

这就有意思了，全曲不写隐字，却说的是隐事，你说它曲折，它又说彭泽县是寂寞的，整曲有点豪放，有点曲折，有点含蓄，站在薛昂夫的角度也算是直抒胸臆了。

其实就算是乱世，也不能全去归隐的，总还该有人出来屈己以求全，舍身以取义成为君子，为百姓、为天下苍生做点什么，归隐起来，明哲保身，只求一己偏安，只是一种小爱，“采菊东篱下，悠然见南山”只是简单的逍遥了，却于改变世道无益，这种归隐与庄子的

“逍遥游”又有不同，庄子的“无为”也实践不下去，读来读去，极喜欢佛教里的修行，舍尽钱财，舍尽人身，度化众生，问问为众生做了什么，方为最大的修行。

现今的盛世中，也不乏为名利物欲遮蔽了双眼者，也同样是“功名万里忙如燕，斯文一脉微如线，光阴寸隙流如电，风霜两鬓白如练”，汲汲营营，弄得身疲心累，不知所终，而且这世上，也不乏贪官当道，盗贼横行，谈谈归隐倒也不算是什么坏事，归隐于山林之下，与清风明月为伴，朝食甘露夜沐月光，倒也不失为一种情趣，说不定那时会有陶元亮出来与你对吟几首诗，下上几盘棋，即便不要终生的归隐，片刻的归隐也可，省得这世上乱了章法，众生皆不安也。

斯文一脉微如线，返回来想，每逢乱世，斯文这一脉当真是微如线，微如线怎么办？谈归隐，归隐也就罢了，不要假归隐，假装归隐还要对时势喋喋不休，指手画脚，当真可憎，而且把归隐挂在嘴上去标榜清高，就比假归隐更可恶了。

是非荣辱闲袖手

人生在世，谁能不碰到点是非呢？谁又能不与荣辱挂钩？

常常有人感叹人生在世不如意，当然他们也没有李白的本事去明朝散发弄扁舟。他们不如意的原因多数与自己的生活态度和处世观念有关系。在人群里混得如鱼得水的人，多数是勘破了人际关系这张网，什么时候该说什么话，对什么人说什么话，成竹在胸。其实就是在人世间，看透了荣辱是非，然后明哲保身地用自己的方法处世而已。《红楼梦》第五回中有一句话，高度概括了人生的哲学：世事洞明皆学问，人情练达即文章。

如此看来，这人情世故莫非很重要？

当然重要，重要到你不熟悉它不掌握它就会到处碰钉子的程度，甚至一腔抱负无法施展，空留满心遗憾。

我们来看看元时的白朴，怎么对待这个荣辱是非：

知荣知辱牢缄口，谁是谁非暗点头。
诗书丛里且淹留。闲袖手，贫煞也风流。

这是白朴的一首《［中吕·阳春曲］知几》。

白朴给出了一条明路，不管是荣是辱，切记要牢缄其口，不管

是是非非都在暗处点头，闲了怎么办呢？到诗书丛里淹留，当然也得有贫煞也风流的思想准备，从此与荣华富贵有了距离。

白朴的这种知几（即见微知著）观，与他的生存背景和切身经历有关。

元朝的那个社会，是个“似箭穿着雁口，没个人敢咳嗽”的社会，多少人有志不得伸展，有才不能致仕，甚至还常常有性命之危，他们无可奈何，只能在严酷的环境里学会了无是无非、鄙薄功名的生存理念。而白朴的经历又要复杂一些，他幼年就遭遇兵荒马乱，他父亲身居金朝的枢密院判，随金哀宗在蒙古军攻来的时候北走，蒙古军对汴京进行了空前洗劫，幸好，当时元好问救下了他并将他带在身边，辅之以诗文，后来他父亲效劳大元，他得以与父亲团聚，他身处的北方虽然已经安定，但他对蒙古统治者的残暴充满了厌恶，在这样的身世跌宕中，不学会一点对待山川满目、亲人走失、山河易主的处世观怎么能行？

而他所说的诗书丛中且淹留，也不做作，他真的放弃了官场名利的争逐，以亡国遗民自居，专门填词作赋，他的这一闲袖手，还真的成就了一个元曲四大家，他留存于世的《梧桐雨》《墙头马上》影响了历史和文化的进程，也影响了戏曲的发展与成熟。

对于这样的男人，放弃了功名利禄的男人，我尤其敬佩，不是嘴上喊着，却颠颠地跑去做官的伪君子。白朴三十六岁时，原可以经由史天泽举荐为元世祖所用的，但他谢绝了，更让人钦佩的是，他弃家南游，表示了他遁世消沉、永绝仕宦之途的决心。他一直就在杭州、扬州一带游历，眼里的萧条冷落更让他感物伤情，他所著的一部《天籁集》，字里行间全是人生伤怀感慨。

试问今人，还有谁能够做到这个程度？有时候，放弃比选择更难。

我比较喜欢他诗书丛里且淹留的态度，在另一首《知几》里，他这样写：

不因酒困因诗困，常被吟魂恼醉魂。

四时风月一闲身，无用人，诗酒乐天真。

这个就很可爱了，自己是一无用之人，还是四时风月一闲身，只好与诗酒为伴，平日里，不因酒味困扰，却常被诗意困扰，吟不出诗来时，还常常恼恨自己喝醉了。

你看这样一个远离庙堂之高远、身处江湖之偏远的人，杜绝了做官之心，闲来袖手喝酒吟诗的人，不是也很好吗？无奈的是，吟出的诗都是感时花溅泪、恨别鸟惊心罢了。

尽管如此，抛开了白朴的人生，单看这两首元曲，对我们今人还是有着不凡的意义。

身处纷纭世界中，我们能做到对待是非荣辱缄其口、暗点头、闲袖手，练达了人情、洞明了世事，在俗世中自在地活着，也不失为一件妙事吧？

而偶有闲暇，也可风月一番，沉入到诗书丛里，与酒诗为伴，与古人为伴，与清风明月为伴，与山川河流为伴，与闲云野鹤为伴，与雨雪风霜为伴，与梅兰竹菊为伴，也不失为人生一件妙事吧？

那时就真的触摸到庄子的境界了，当然，不是要羽化成蝶，而是栽棵树到旷野之处，然后“彷徨乎无为其侧，逍遥乎寝卧其下”，就当真逍遥了。

只是，有谁能拒绝高官爵显的诱惑，当真贫煞也风流呢？其实，功名利禄、是非荣辱都是昙花，不过在俗世中这么一现，转眼都是云烟，不如四时风月一闲身，落个自在。

如果连自在都不想，与是非荣辱相忘于江湖，倒也不是什么坏事。

痴儿不解荣枯事

【中吕·山坡羊】冬日写怀

元 乔吉

朝三暮四，昨非今是。痴儿不解荣枯事。
攒家私，宠花枝，黄金壮起荒淫志，千百锭买张招状纸。
身，已至此；心，犹未死！

《晋书·傅咸传》里记载了这么一个事：说西晋时期，傅咸此人疾恶如仇，每每在朝廷上犯颜直谏，得罪了一帮人，他的朋友杨济劝他：“生子痴，了官事，官事未易了也。了事正作痴，复为快耳。”傅咸不听，照旧忠谏，遂有了一个成语“了却官痴”。读到这里的时候，暗心生异，照这样说，生个白痴孩子反倒是好事了。当然，我们现在的法律对于精神病患者也是网开一面的，傻有傻的好处，痴有痴的用处，也当然，痴可以是真痴，也可以是装痴，可这官事听起来怎么像洪水猛兽，得拿我们的正常健康状态去换？

当然了，这些话都产生于非常时期，有着特定的环境，并不能一言以蔽之。

元时乔吉在一个冬天，作了这一首《［中吕·山坡羊］冬日写怀》。

乔吉肯定也看过《晋书》，知道这个了官事的典故，他描写了这么一群人，他们“朝三暮四，昨非今是”（这句话非常冷静地点破世态人情），然后又说这群人“攒家私，宠花枝，黄金壮起荒淫志”，他们的结局是“千百锭买张招状纸”，而且，这群人还是身已到此了，心还不死！

乔吉此人，一生贫寒，浪迹江湖，流落于杭州，过着贫困潦倒的生活，一生想将自己的散曲刊印成册，都未能如愿，可怜至极，最终客死他乡。

元代戏曲史家钟嗣成在《录鬼簿》中说：乔吉“美容仪，能辞章，以威严自饬，人敬畏之”。

乔吉自己评价自己：不占龙头选，不入名贤传。时时酒圣，处处诗禅。烟霞状元，江湖醉仙，笑谈便是编修院。留连，批风抹月四十年。

四十年啊，从这调侃的自喻中，我总是体会到乔吉的悲伤和可怜，那么丰厚的才华，却有那么悲惨的人生。

从这样的人生中走出来，乔吉想必是看破了世态炎凉的，也想必是对当时社会有着清醒认识的。

乔吉写这种被名利遮蔽了双眼的人是深恶痛绝的，还在曲子中给出了他们的下场，可是这种结局只是乔吉的一厢情愿，元朝有多少这样的痴儿，照样高官得做，然后去攒家私、宠花枝啊！

把这首元曲放在今天，依然有着深刻的警醒意义。

“我爹是李刚”等妙语的横空出世，给这首元曲加了多么准确的今世注解，而末句那个“身，已至此，心，犹未死”又是多么点题，这些痴儿们身处其中，执迷不悟，依然在朝三暮四昨非今是，更甚的是隐藏在社会背景之后的那些“痴儿”们，道貌岸然地在社会中收获了地位、金钱，依然在我们看不到的地方，攒起家私，壮起荒淫志，转眼又是大谈国计民生仁义道德地占据着社会之高地，那一点点可怜的招状纸之于他们，等同于废纸。

这盛世繁华的表象下，藏着多少可悲的荣枯事？我们不知道。

几百年前的乔吉，看到了乱世之后的阴暗，几百年之后的我们，怎么能够看清繁华之后的枯败呢？不由得会说，借我，借我，一双慧眼吧。

基于这些原因，真应该推荐人们都来读读元曲吧。

西湖边上一枝梅

雪下过，天晴了。

西湖边上，一个男人，骑着毛驴踏雪寻梅，走在了溪桥路上，这时的西湖已被冰封雪盖，就像把冰沉在了玉壶中，一片的皎洁晶莹，他是来找林逋的，就是传说中那个被称为“梅妻鹤子”的家伙，终于看到梅花了，看到梅花的时候，不由得想笑王维，他家中所挂的《孟浩然雪中骑驴图》是不是和我今天很像啊，低下头捡拾起落在地上的梅花，捡一朵梅花倒一杯酒，对着酒看着花，绽出了舒心的笑容，可是，没有多久，酒就喝完了，身上的钱又不够买酒，怎么办呢？只好把身上带的剑典当了买酒，一杯一杯又一杯，会当须饮三百杯，终于醉倒在西湖。

这幅美景不是一幅画，而是一首杨朝英元曲《［双调·水仙子］》：

雪晴天地一冰壶，竟往西湖探老逋。骑驴踏雪溪桥路，笑王维作画图。拣梅花多处提壶。对酒看花笑，无钱当剑沽，醉倒在西湖！

其实骑驴踏雪寻梅是真的，他要找的人却不可能找得见，那林逋出生在北宋，王维出生于大唐，他要找的其实就是梅花。全曲未著梅花之形状，却让人在不知不觉中心驰神往。那梅花自是开在幽微处的，也是傲雪凌霜而开，多被后人喻为品格的象征。作者欣然寻往，自是想在那寒气逼人的环境中寻找到一处理想的栖身栖心之所。这样的场所何曾不是现世人所向往的？可是，这样的处所像香格里拉一样难寻。

关于梅花开在雪中的景况有多美，《红楼梦》中是有描述的：

> 到了次日一早，宝玉因心里记挂着这事，一夜没好生得睡，天亮了就爬起来。掀开帐子一看，虽门窗尚掩，只见窗上光辉夺目，心内早踌躇起来，埋怨定是晴了，日光已出。一面忙起来揭起窗屉，从玻璃窗内往外一看，原来不是日光，竟是一夜大雪，下将有一尺多厚，天上仍是搓绵扯絮一般。宝玉此时欢喜非常，忙唤人起来，盥漱已毕，只穿一件茄色哆罗呢狐皮袄子，罩一件海龙皮小小鹰膀褂，束了腰，披了玉针蓑，戴上金藤笠，登上沙棠屐，忙忙的往芦雪庵来。出了院门，四顾一望，并无二色，远远的是青松翠竹，自己却如装在玻璃盒内一般。于是走至山坡之下，顺着山脚刚转过去，已闻得一股寒香拂鼻。回头一看，却是妙玉门前栊翠庵中有十数株红梅，如胭脂一般，映着雪色，分外显得精神，好不有趣。宝玉便立住，细细的赏玩一回方走。

雪中之梅有多美，已不需要再细细描述。《红楼梦》与这个杨朝英所写的梅之意境有一点儿相似之处。不同的是。曹雪芹写红梅是想写一个身在污泥中却有着不同命运的薛宝琴，她是最后的一点儿希望，杨朝英写的梅，却是想遁世，想在这梅中隐藏了自己，梅是自己的一点儿寄托。

从古至今，有多少人喜梅爱梅歌梅咏梅似梅自诩呢？

我们先来看林逋，林逋。字君复，杭州钱塘人。性格恬淡好古，唯喜植梅养鹤，每日游览西湖诸寺庙，与高僧唱和，二十多年足迹未踏进城市。终生不仁不娶，梅就是他的妻子。人称“梅妻鹤子”。这样的爱梅之人，真属难得。

我们再来看陆游。他称赞梅花是：雪虐风饕愈凛然，花中气节最高坚。又写了一首《卜算子》：

驿外断桥边，寂寞开无主。已是黄昏独自愁，更著风和雨。

无意苦争春，一任群芳妒。零落成泥碾作尘，只有香如故。

这朵开在驿路断桥边的梅花，就是陆游自己，不畏风雨，坚贞自守，有着铮铮傲骨。

再来看毛主席的《卜算子》：

风雨送春归，飞雪迎春到。已是悬崖百丈冰，犹有花枝俏。

俏也不争春，只把春来报。待到山花烂漫时，她在丛中笑。

一枝傲视群芳的梅就这样开在了毛主席的眼中，开在了我们的心里。

这些梅都写尽了梅的品格，道尽了看梅之人的心声。

而梅花香自苦寒来，又一语道尽了梅花之可贵处。

身处物欲横流的当世，又有多少人看得到这些傲雪而开的梅花呢？

看多了世情，只愿自己永远做一个从苦寒处而来，却率性品高，不贪名不求利，凌霜傲雪而开的路边之梅，如陆游一样，零落成泥碾作尘，唯得香如故。

跋

遇见

佛祖当日在灵山，拈花一笑，众皆默然，唯迦叶尊者破颜微笑。

这一笑，竟然包含了大千世界。从此，无上的精妙法门，无果的因缘离合，无尽的解脱轮回，就都在这一笑中了。

在往世的这些岁月里，有许多缘，有许多遇见。遇见这个世界的春花秋月，遇见魂牵梦绕的良人，遇见一呼一吸间的诸多烦恼，于是在世间经受许多因果，了前生的债，种后世的因，循环往复，无非如此。我也是如此，懵懂地就把时间交还了自己，零零乱乱地找不到解脱的密码，一直到很多年前，我遇见了文字，从那以后，我用文字破解了许多人生和世界的方程式。

遇见《古诗十九首》后，我在盈盈一水间，眺望着尘缘的彼岸，任流水落花都随风，细细地体味着相遇和分离，体会着古人的离愁，软软地把自己的情感织成了丝绸，轻轻地一掸，此端连着我的红酥手，那端系着在水一方默默不得语的男子，在岁月的河流书签里，上言长相思，下言久别离，怕自己中了情花的毒，还得在书页合上之时，再拈花一笑，脱离苦海。

遇见元曲时，岁月冷，山河静，并不是向古代遁逸，而是想解得悲欢离合，解得山河之殇，可沉寂久了，却束手无策。疼花花奈何啊，无尽的哀怨和情思化作茧把

自己层层包裹，我完成了自己一场空落的人生自白，那么回过头来，还是拈花一笑。

在俗世鞭马扬尘，可尘土还未飞扬，所有的一切就已成天涯，我们与尘缘的宿命随着逝水流光，都化作了尘灰。虽然如此，该遇见的还是会遇见，与文字相遇是我此生最美的遇见，从此修得心境洞明，彻悟了拈花一笑的生活禅。

一寸光阴一寸心，一朵昙花一朵云，一颗尘埃一菩提，一个流星一个你。此生做个飘零而随缘的女子吧，与这世间的一切有很多的遇见，遇见时就能拈花一笑，懂得静寂、欢喜，做到爱过、忘记，足矣！